Mord in Siegburg-Zentrum

Thekla im Visier

AF188445

Rhein-Sieg-Kreis Krimi

Mord in

Siegburg-Zentrum

Thekla im Visier

Der sechste Fall von Kommissarin Thekla Sommer

3

Bibliografische Information der Deutschen Nationalbibliothek:

Die Deutsche Nationalbibliothek verzeichnet diese Publikation in der Deutschen Nationalbibliografie; detaillierte Daten sind im Internet über

http://dnb.dnb.de

abrufbar

1.Auflage

Erschienen 02/2020

Copyright © 2020 Kersten Wächtler

Coverbild © Klaus Stahl

Herstellung und Verlag: BoD – Books on Demand, Norderstedt

ISBN: 9783750460522

Alle Texte, Textteile, Graphiken, Layouts sowie alle sonstigen schöpferischen Teile dieses Werkes sind unter anderem urheberrechtlich geschützt. Das Kopieren, die Digitalisierung, die Farbverfremdung, sowie das Herunterladen z.B. in den Arbeitsspeicher, das Smoothing, die Komprimierung in ein anderes Format und Ähnliches stellen unter anderem eine urheberrechtlich relevante Vervielfältigung dar. Verstöße gegen den urheberrechtlichen Schutz sowie jegliche Bearbeitung der hier erwähnten Schöpferischen Elemente sind nur mit ausdrücklicher vorheriger Zustimmung des Verlags und des Autoren zulässig. Zuwiderhandlungen werden unter anderem strafrechtlich verfolgt!

Alle Personen und Tathergänge sind frei erfunden.

Ähnlichkeiten mit lebenden oder toten Personen sind rein zufällig.

Erstes Kapitel

Die mit einer Kamera bestückte Drohne eines Hightech Ausrüsters, surrte durch den nächtlichen Himmel im Garten des Hauses an der Straße "Am Stallberg", in Siegburg-Stallberg, neben der TÜV-Prüfstelle. Julius Winterhagen hatte ein halbes Jahr mit der Drohne Flugübungen gemacht, bis er glaubte endlich, die für seinen Plan gestohlene Drohne, perfekt zu beherrschen. Der Warenhausdetektiv in Köln-Porz hatte großes Glück, sich während des Diebstahls im ersten Stockwerk, im zweiten Stockwerk befunden zu haben. Julius Winterhagen hatte die elektronische Sicherung, die um die Verpackung befestigt war, sowie das Code-gesicherte EAN-Etikett entfernt, so wie er es im Gefängnis gelernt hatte. Weiterhin hatte er sich vorsorglich ein Smith & Wesson Boot Knife Stiefelmesser mit Lederscheide besorgt, dessen 14,5 cm lange Klinge er demjenigen bis zum Anschlag in den Körper gerammt hätte, der ihn hätte aufhalten wollen. Er wollte nicht mehr in den Knast, aber er wollte seinen Racheplan ausführen.

Nun jedoch stand er im Garten von Thekla Sommer, der Siegburger Kommissarin der Mordkommission. Ihr Vater, Peter Sommer, ehemaliger Hauptkommissar und Leiter der Bonner Mordkommission, wurde vor einigen Jahren in den wohlverdienten Ruhestand versetzt. Ihn, Julius Winterhagen, hatte er wegen einer Tat festgenommen und angeklagt, die er nicht, jedenfalls nicht so wie die Anklage lautete, begangen hatte. Der Richter hatte bei seinem Urteil, wegen Totschlags im minder schweren Fall, die gesetzlich festgelegte Höchststrafe von zehn Jahren verhängt. Zehn Jahre im Knast und unter erbärmlichen Umständen leben. Was hatte er, der nicht wie ein Hüne gebaut war, nur alles ertragen müssen. Für andere die Zellen putzen, Urinale und Duschräume mir der Zahnbürste reinigen, in der Gemeinschaftsdusche sich fast täglich nach der Seife auf dem Boden bücken. Nein, - das war ein für alle Mal vorbei. Nie wieder würde er in den Knast zurück gehen. Die ganzen Jahre über schmiedete er an einem Plan, wie er dies alles demjenigen, der ihn damals verhaftet hatte, heimzahlen könne. Nein, - nicht dem Kommissar würde er die Peinigungen seiner Rache genauso beibringen. Der

Kommissar würde viel schlimmere Qualen erleiden, wenn das alles seiner geliebten Tochter widerfahren würde.

Die Kamera machte gestochen scharfe Aufnahmen, die auf dem Monitor, der auf dem Boden abgestellt war, wiedergegeben wurden. Julius ließ die Drohne an die beleuchteten Fenster fliegen. Im Erdgeschoss, augenscheinlich das Wohnzimmer, saß Robert Hanf, der Kommissar und Kollege aber gleichzeitig auch Lebensgefährte von Thekla. Er hatte sich gerade den Rest Bier ins Glas geschüttet, den Fernseher ausgeschaltet und ging die Treppe ins Obergeschoss, nachdem er das Licht gelöscht hatte, hinauf. Julius lenkte die Kameradrohne zu dem beleuchteten Fenster im ersten Obergeschoss. Da die Rollladen nicht heruntergelassen wurden, sah er ins Badezimmer, in dem Thekla gerade aus der, noch dampfenden Duschkabine stieg.

»Da bist Du ja, Du kleiner Goldfasan. Bald wirst Du mir gehören. Ja, - trockne Deinen sanften und wohlgeformten Körper gut ab«, murmelte Julius, bei dem schönen Anblick.

Thekla trocknete sich mit dem Duschtuch gerade den Po und die Beine, als Robert ins Badezimmer schaute. Sie

besprachen etwas und Robert ging ins Nebenzimmer.
Auch dort wurde nun das Licht angeschaltet. Hier wurden
allerdings die Rollladen herabgelassen, bis auf einen Spalt
von etwa zehn Zentimetern. Es war das Schlafzimmer.
Robert legte sich auf das Bett, nachdem er sich
ausgezogen hatte. Zwei Minuten später kam Thekla in
ihrer splitterfasernackten Schönheit ebenfalls ins
Schlafzimmer und legte sich zu Robert.

Zentimeterweise lenkte Julius die Kamera genau zu
dem schmalen Spalt, der offen geblieben war. Er
beobachtete, wie sich die beiden leidenschaftlich küssten,
und liebten.

*

Zeitgleich zu dem Geschehen in Siegburg-Stallberg,
lenkte Kai Wollanski seinen blauen Dacia über die
Mühlenstraße in Siegburg-Zentrum.

»Hier muss es doch irgendwo sein. Die sagten mir
doch, "neben einer Kneipe" und "über einem Erotik-
Shop", solle es sein. Hier ist doch die Mühlenstraße, -
oder?« murmelte er, als er durch die Windschutzscheibe
die einzelnen Häuser am Straßenrand absuchte. Er hielt
seinen Wagen an, suchte in seinem Smartphone auf

Google-Maps die Position und nickte.»Ja, -
Mühlenstraße, ich bin richtig«, sagte er sich, wie zu einem
imaginären Beifahrer. Er wendete den Wagen auf der
relativ schlecht ausgeleuchteten Straße und fuhr langsam
in die entgegengesetzte Richtung. Da war es, ein rot
ausgeleuchtetes Schaufenster. Lieblos mit Alufolie
ausgekleidet und mittendrin eine aufblasbare Plastikpuppe
mit einem Tanga bekleidet und offenstehendem Mund.

»Wie kann man nur auf so etwas abfahren«, dachte er,
als er den Wagen einige Meter weiter abstellte. Er ging zu
dem Geschäft zurück und schaute auf die restlichen
Auslagen. Da lagen Kondome unterschiedlicher Farben,
eine Reitgerte, Handschellen aus Plüsch und einige
unterschiedliche Vibratoren, wovon einer sogar von innen
her leuchtete.

»Hier bin ich richtig«, dachte sich der sechsunddreißig
jährige Kai, als er in der ersten Etage Licht brennen sah.
Er parkte seinen Wagen in der nächsten Querstraße, der
Siegfeldstraße, stieg aus, ging einige Meter zurück auf die
Mühlenstraße und umrundete das Haus, um von der
Rückseite, hoffentlich unbeobachtet, eindringen zu
können. Er hatte, als Bodybuilder aus dem Frankfurter
Milieu den Auftrag bekommen, den Bewohner der

Wohnung aufzufordern, den schuldigen Geldbetrag in Höhe von zwanzigtausend Euro, den er Julius Winterhagen nach einer langen Pokernacht schuldig geblieben war, mit schlagkräftigen Argumenten einzutreiben. Die Adresse von Julius stand auf dem Schuldschein.

Kai Wollanski hebelte die rückwärtige alte Türe, die in den Hof führte, mit einer im Hof gefundenen Eisenstange, auf. Die Türe sprang aus dem Schloss und Kai schlich in die erste Etage. Vor der Wohnungstüre stellte er sich in Schlagposition und klopfte.

Es öffnete niemand. Offenbar wurde das Licht brennen gelassen, um vorzutäuschen, es sei jemand in der Wohnung. Mit einem „Dietrich" öffnete Kai, wie er es bereits mehrere dutzend Male gemacht hatte, die Türe und betrat die Wohnung.

Julius war, weit nach Mitternacht, in sein Auto gestieten, als die beiden Liebenden in dem Stallberger Einfamilienhaus das Licht gelöscht hatten. Er verstaute sorgsam seine Kameradrohne. Der Monitor, auf dem er das Treiben beobachtet hatte, hatte die gesamte Szenerie auf einem USB-Stick aufgezeichnet. Vielleicht könne er das noch nutzen, wenn er Thekla erst einmal in seiner Gewalt hatte und sie erbarmungslos schänden würde.

Dreißig Minuten später fuhr Julius, nachdem er noch gedankenversunken zwei Zigaretten geraucht hatte, über die Zeithstrasse, die Wolsdorfer Straße und die Alfred-Keller-Straße, vorbei an der Firma Siegwerk-Druckfarben, einer bereits 1840 angesiedelten Druckerei und Färberei, die fünfzig Jahre später einen eigenen Eisenbahnanschluss erhielt und als erster großer Industriebetrieb Siegburgs, galt. Über die vielen Jahre hinweg, entwickelte sich der Betrieb zu seiner heutigen Größe mit einem guten Ruf, weit über die Grenzen Europas hinaus. Julius dachte, dass hier an die eintausend Mitarbeiter tätig sein müssten und wie gerne er einer davon gewesen wäre. Leider hatte das Schicksal einen anderen Weg für ihn vorgesehen. – Einige Minuten später kam er an seiner, erst vor einigen Monaten angemieteten Wohnung an. Es hatte leicht zu schneien begonnen, wie meistens um die Karnevalszeit.

»In drei Tagen ist schon Rosenmontag«, dachte er, der Tag, an dem er sich Thekla holen wollte. »dann wird endlich mein Plan umgesetzt. In dem Karnevaltreiben wird keiner bemerken, wenn ich eine bewusstlose Frau

13

durch die Menge trage. Es wird so manch einer wieder zu viel trinken, so auch die Frau, die er "nach Hause" trägt«.

Als Julius in der ersten Etage über dem Erotik-Shop ankam und sich auf einen Scotch Whisky freute, während er die Türe zu seiner Wohnung öffnete, stand Wollanski bereits hinter der Wohnungstüre. Der Schlag, mitten ins Gesicht, traf Julius unvorbereitet und so konnte er ihm nicht ausweichen. Er spürte Blut aus seiner Nase quillen und ging in die Knie, konnte aber den Sturz noch abfangen. Blitzschnell zog er sein Messer aus dem Stiefelschaft und sprang in den Flur seiner Wohnung. Kai Wollanski sah das Messer und wich rückwärts nach hinten in die Wohnung aus. Als er das Messer in seiner Brust und sofort danach den zweiten Einstich in gleicher Höhe spürte, stolperte er über die niedrige Ecke des dort stehenden Glastisches, fiel der Länge nach auf die Glasplatte und spaltete sich den Schädel, als er damit auf die dicke Kristallglasplatte aufschlug. Blut spritzte wie aus einer gefüllten Dachrinne, über den Teppich.

»Verdammt nochmal, wer ist das denn? « dachte Julius, als er sofort bei ihm war und sah, dass der Mann tot war. »Der versaut mir meinen ganzen Plan. Verdammte Scheiße, was mach ich denn jetzt bloß? «

Julius schloss, die immer noch offenstehende Wohnungstüre, ging ins Badezimmer und schaute sich sein Gesicht an. Die Nase war dick angeschwollen und das Blut tropfte nur noch aus der Nase. Er wusch sich sein Gesicht eiskalt ab, da er annahm, dies würde die Blutung stoppen. Zusätzlich steckte er sich zusammen gedrehtes Toilettenpapier in beide Nasenlöcher. Krampfhaft versuchte er seine Gedanken zu ordnen. Er wollte nie wieder in den Knast, dies hier würde ihm jetzt allerdings wahrscheinlich lebenslänglich einbringen. Kein Richter würde ihm glauben, dass er dieses Blutbad nur aus Notwehr angerichtet hatte. Gehetzt sah er sich im Raum um, bis er das breite, graue Klebeband, auch Panzerband genannt, auf der Anrichte neben dem Tisch, sah. Er fasste kurzerhand einen Plan, denn er dachte:

»Ohne Toten, auch kein Mord«.

Ohne lange zu zögern und wie von Sinnen, umwickelte er den gesamten Kopf des Toten, aus dem immer noch Blut rann, mit dem Klebeband. Er sah nun am Kopf aus, wie eine Mumie. Den Körper wickelte er in den, ebenfalls stark blutgetränkten Teppich, den er ebenfalls mit dem Klebeband fixierte. Er packte den Teppich über seine kräftigen Schultern und trug ihn, nachdem er die

Wohnungstüre hinter sich ins Schloss gezogen hatte, zu.
Langsam schlich er die Treppe nach unten, obwohl sonst
keiner mehr im Haus war, außer der Gummipuppe im
Schaufenster. Er konnte nicht mehr klar denken. Er war
lediglich darauf fixiert, die Leiche verschwinden zu
lassen. Schnell war die Teppichrolle im Kofferraum
verladen und Julius startete den Motor. Dabei musste er
aufpassen, nicht von einigen stark angetrunkenen
Jugendlichen gesehen zu werden, die gerade auf dem Weg
in die Lokale am Siegburger Markt, gingen, um dort noch
einen Karnevalsabsacker zu trinken. Geografisch kannte
er sich hier nicht besonders gut aus, da er hier im
Siegburger Raum einzig zu dem Zweck war, sich an Peter
Sommer, mithilfe der Tochter als Opfer, zu rächen.
Deshalb befuhr er zunächst die B8 in Richtung Bonn und
lenkte seinen Wagen dann am Ortsende von Siegburg,
über die A560 in Richtung Altenkirchen.

»Du musst Du die Leiche loswerden«, hämmerte es in
seinem Kopf. Er fuhr wie von Sinnen am Ende der
Autobahn weiter auf die Straßenführung, die wieder zur
B8 wurde und hetzte den Wagen mit hohem Tempo in
Richtung Uckerath. Schweiß rann ihm über's Gesicht.

»Würde sein Plan jetzt überhaupt noch umsetzbar sein? « schoss es ihm durch den Kopf.

Einige Kilometer hinter Uckerath, an der Kreuzung "vier Winden", entschloss er sich in das links von ihm abfallende Tal in Richtung "Eitorf" zu fahren. Als das Tachometer eine gefahrene Strecke von etwa siebzig Kilometern, gemessen ab seiner Wohnung in Siegburg, anzeigte, wurde es ihm zu bunt. »Die Leiche muss unbedingt weg und der Abstand zum Tatort ist nun groß genug«. Er hatte die Ortschaft "Eitorf" hinter sich gelassen und hielt hinter der nächsten kleinen Ortschaft "Alzenbach" an einer Bushaltestelle an. Hier war es stockfinster, denn er befand sich auf einer Landstraße zwischen zwei Ortschaften. Etwa zehn Meter vor sich, sah er eine Brücke.

»Warum nicht hier«, dachte er. Er öffnete den Kofferraum und durchschnitt im Schein der Kofferraumbeleuchtung das Klebeband, das den Teppich zusammenhielt. Der Leichnam kullerte auf die Straße. Als er die Taschen des Opfers durchwühlte, näherte sich ein Auto, bog aber etwa fünfzig Meter vor der Brücke ab und fuhr in Richtung der nächsten Ortschaft. Erleichtert darüber, nicht gesehen worden zu sein, durchsuchte Julius die Taschen des Toten. Nichts war mehr in ihnen drin, was die Identität hätte verraten können. Kurzentschlossen schleppte er den Toten bis zur Brückenmitte und ließ die Leiche mit dem Mumienkopf ins Wasser fallen. Den Teppich warf er hinterher. Die Strömung würde schon dafür sorgen, dass Beides unterschiedlich abgetrieben würde. Was er nicht auf dem kleinen grünen Schild gelesen hatte, das am Brückenbeginn stand, war, dass der Fluss "Sieg" hieß und dieser an Siegburg vorbeifloss. Wenn er Pech hatte, wäre er fast einhundert Kilometer umsonst gefahren.

Der Morgen dämmerte, als Lisa Drollig, die junge Kommissarin, die gerade fest in Theklas Team integriert wurde, nachdem sie sich als Kommissar Anwärterin über mehrere Monate hinweg sehr profiliert hatte, aufwachte. Völlig verkatert und mit hämmernden Kopfschmerzen, schaute sie auf die Uhr neben dem Bett.

»Oh Gott, 06:45 Uhr, warum wache ich denn jetzt schon auf«, dachte sie, mit halb zugekniffenen Augen und sich im Bett wälzend. Sie zog die Bettdecke bis zum Hals über ihren nackten Körper. »Ging es mir so schlecht, als ich ins Bett gegangen bin«, dachte sie, »dass ich sogar meinen Schlafanzug vergessen habe? « Da hörte sie Geräusche aus dem Badezimmer ihres zwei Zimmer Appartements, im Dachgeschoss eines Zweifamilienhauses in Siegburg-Zange, welches sie erst vor einer Woche bezogen hatte. Hier war die Nähe zu ihrer Dienststelle, dem Polizeipräsidium auf der Frankfurter Straße, mehr gegeben, als sich ständig aus Bonn, im Berufsverkehr, durch den Stau quälen zu müssen. Sie schlug die Decke zurück und ging ganz langsam, da ihr der Schädel zu platzen schien, ins Badezimmer um zu überprüfen, was das für Geräusche waren. Als sie die Türe öffnete, stand da ein junges Pärchen unter der Dusche und vergnügte sich.

Jetzt kam die Erinnerung in Lisa zurück. Sie hatte dieses Pärchen gestern Abend bei einer Karnevalsparty kennengelernt und sich sehr angeregt mit ihnen unterhalten. Anschließend waren alle drei zu ihr nach Hause und hatten dort weitergefeiert. Ja, - genau, - man hatte sich sehr angeregt über Psychologie und Spiritualität unterhalten und man war zu der Überzeugung gekommen, dass es doch viele Parallelen zwischen Beidem gab. Es wurde so manche Flasche Wein geleert und irgendwie landeten dann alle drei in Lisas Bett mit dem davor liegenden Lammfellteppich. Es war das erste Mal, dass sich Lisa einem "Dreier", mit einem Mann und einer Frau hingab. Sonst gab es bei ihr immer nur entweder oder, wobei ihr das gleichgeschlechtliche gar nicht mal als unangenehm vorkam.

»Guten Morgen zusammen«, sagte sie laut, immer noch in der Türe stehend.

Der Mann drehte sich um und meinte: »Guten Morgen, - komm rein und mach mit«.

Zuerst schwankte Lisa, als sie dem Liebesspiel zuschaute und die steifen Brustwarzen von dem Mädchen sah, dann jedoch meinte sie. »Nein danke, lieber nicht. Macht in Ruhe weiter, ich koch uns mal 'nen Kaffee«.

Lisa schmunzelte, drehte sich um, zog sich schnell Slip und Jogginganzug an und kochte Kaffee. Als die beiden aus dem Badezimmer kamen, stand der Kaffee auf dem Tisch. Man unterhielt sich über die Party vom Vortag und über die angeregten Gespräche vom Vortag. Die Geschehnisse der letzten Nacht blieben vollkommen unerwähnt, so, als wolle man es, durch Nichterwähnen, ungeschehen machen. Dafür kam das interessante Thema wieder hoch, an dem man gestern so sehr philosophierte, nämlich, das Thema der Überschneidungspunkte zwischen Psychologie und Spiritualität. Nach der dritten Tasse Kaffee klingelte das Telefon.

»Lisa Drollig«, meldete sich Lisa,

»Ja, Robert hier, bist Du angezogen und startklar? Wir haben eine Wasserleiche und brauchen Dich«.

»Ich bin in zehn Minuten am Präsidium«, kam die kurze Antwort.

»Nein, nicht Präsidium. Komm direkt zum Siegwehr, das ist, wenn Du die Frankfurter Straße in Richtung Hennef fährst, sozusagen die letzte Rechtskurve nach der langen Geraden, genau dort geht links die Wahnbachtalstraße ab, in Richtung Kaldauen und Seligenthal. Etwa dreihundert Meter weiter hat auf der rechten Seite, kurz vor dem fest installierten Starenkasten, der Siegburger Ruderverein 1910 e.V., sein Quartier. Genau an diesem Quartier ist eine Stauung der Sieg. Diese heißt Siegwehr und ist ein, in die Sieg quer eingebautes Stauwerk zur Erhöhung des natürlichen Wasserspiegels und eine Fischfang- und Kontrollstation. Dort befindet sich auch ein Podest zur Zählung des Lachsbestandes der Lachse, die jedes Jahr zum Laichen zurück in die Sieg schwimmen. Sie kommen teilweise sogar aus dem über fünftausend Kilometer entfernten Grönland.

»Ja Robert, fein zu hören und gut zu wissen, aber was ist denn jetzt mit dem Toten? Ist das ein toter Lachs, oder was? « Lisa versuchte jetzt einen der Witze, die sonst Robert immer versuchte.

»Ja Lisa, klar, ein toter Lachs. Also, - komm bitte dahin. Wir wissen auch nicht viel mehr und fahren sofort los, wenn Thekla vom Bäcker kommt. Sie hat ihr Handy hier vergessen und weiß noch gar nichts von dem Einsatz«.

»Okay, ich fahr auch gleich los«.

Lisa legte ziemlich genervt den Hörer ihrer Feststation in die Ladestation. Sie hatte dermaßen Kopfschmerzen von dem Wein, dass sie am liebsten zuhause geblieben wäre. So jedoch sagte sie zu dem jungen Pärchen:

»Auch wenn wir eine sehr aufregende Nacht hinter uns haben und das Gespräch mit Euch gerade sehr spannend ist, - muss ich Euch Rausschmeißen. Zieht Euch ganz schnell an und dann ab mit Euch. Ich habe einen Einsatz.

»Einsatz? « verwundert schaute sich das Pärchen gegenseitig an.

»Kriminalpolizei, Mordkommission«, sagte Lisa nur.

Blitzschnell waren die Beiden angezogen und schon, noch ohne ihre Schuhe angezogen zu haben, im Flur.

»Oh Shit, - und ich hätte ihr beinah 'nen Joint zum Abschluss des Gespräches angeboten, meinte der männliche Teil des Duos. Jetzt aber los«. Schnell liefen sie nach unten und ließen die Eingangstüre hinter sich ins Schloss fallen.

Thekla und Robert kamen zeitgleich mit Lisa am Fundort der Leiche an. Die Spurensicherung war schon vor Ort und hinter dem rot-weißem Flatterband, welches die Kollegen der Streifenbeamten, die als erstes am Fundort der Leiche waren, gespannt hatten, tätig.

»Guten Morgen zusammen«, begrüßte Thekla die Kollegen in ihren weißen Ganzkörperanzügen, als sie das Absperrband hochhielt, um zu ihnen zu gelangen.

»Stopp«, rief der Leiter der Spurensicherung, »hier sind ungesicherte Fußspuren. Bitte wartet noch eine Weile. Ich komme zu Euch«.

Nach weiteren Anweisungen an sein Team, kam er zu den Kripoleuten.

»Also, wir haben eine männliche Leiche die hier an der Staumauer angeschwemmt wurde. Ich schätze den Mann zwischen dreißig und vierzig Jahre alt. Er hatte keine Papiere bei sich. Der Todeszeitpunkt ist schwer einschätzbar, weil wir nicht wissen, wie lange er im Wasser lag. Der Mann weist zwei Einstiche in Herzhöhe auf, die wahrscheinlich todesursächlich waren. Warum der ganze Kopf mit Klebeband umwickelt ist, werden wir bei der Obduktion feststellen. Dann können wir auch den Todeszeitpunkt anhand verschiedener Analysen eingrenzen«.

»Wie?« fragte Peter Ludwig, der ebenfalls zum Ermittlerteam von Thekla gehörte und der gerade am Fundort der Leiche ankam, »der Kopf wurde mit Klebeband umwickelt. Was für Klebeband?«

In dem Moment gaben die anderen Leute von der Spusi ihrem Einsatzleiter ein Zeichen.

»Ihr könnt Euch jetzt gerne selber davon überzeugen, kommt mit. Wir wollen die Leiche gleich abtransportieren«.

Die gesamte Truppe ging nun, ganz vorsichtig auf Zehenspitzen, da der gesamte Bereich, durch den leicht gefallenen Schnee, sehr nass und rutschig war, in Richtung der Fundstelle.

»Wahrscheinlich hat sich die Leiche hier an der kleinen Staumauer deshalb verfangen, weil die Strömung der Sieg hier am Rand nicht so schnell ist. Wäre er weiter in der Mitte getrieben, wäre er möglicherweise über die Staumauer drüber geschwemmt worden. In diesem

Siegabschnitt ist zurzeit etwas Hochwasser wegen der Zuflüsse, die hier oberhalb ebenfalls sehr viel Wasser führen.

»Fundort gleich Tatort? « fragte Thekla.

»Das können wir ausschließen, da bereits sehr viele unterschiedliche Algen und anderes Gestrüpp an der Kleidung gefunden wurde«.

»Was meinst Du, wie lange war er ungefähr im Wasser? « wollte Thekla von dem Mann wissen.

»Ganz vorsichtig geschätzt, würde ich sagen vier bis sechs Stunden, - aber bitte, - Genaueres nach der Obduktion«.

Er gab ein Zeichen, dass die Leiche nun abtransportiert und in die Kölner Gerichtsmedizin transportiert werden konnte.

»Ich frage mich gerade, wieso jemand in den Fluss geworfen wird, der sowieso schon tot ist? « fragte Lisa in die Runde.

»Wahrscheinlich wollte jemand vertuschen, wo die eigentliche Tat stattgefunden hat. Wenn der nicht hier angespült worden wäre, wäre er unweigerlich in den

Rhein gelangt und dann wäre die Eingrenzung des Tatorts noch schwieriger geworden«, meinte Robert.

»Wie, noch schwieriger? « fragte Lisa nach.

»Na ja«, meinte Thekla, »schau mal, die Sieg entspringt im Rothaargebirge und ist bis zur Mündung in den Rhein einhundertfünfundfünfzig Kilometer lang. Wenn man jetzt stromaufwärts schaut, ist die nächste Stauung des Flusses, ähnlich wie hier, zwischen Alzenbach und Stromberg. Dann wieder ist die nächste Stauung zwischen Schladern und Roßbach.

Wenn die Leiche nun nicht an der vorherigen Stauung, in Alzenbach, angespült worden wäre, wäre sie bestimmt an der Stauung in Schladern hängen geblieben. Daraus folgt, dass die Leiche zwischen Schladern und hier, ins Wasser verbracht worden sein muss. Das sind schätzungsweise fünfzig Kilometer. Das gesamte Gebiet zählt zu unserem Einsatzbereich, da hinter Roßbach/Sieg die Kreis- und Landesgrenze zu Rheinland-Pfalz verläuft.

*

»Pass bitte auf die Eier auf, ich mag keine harten Frühstückseier«, rief Bernd Lay, David's Vater in die Küche, in der David gerade mit Jana, seiner Freundin, telefonierte. Bernd hatte sich vor einem Jahr von David's Mutter, Thekla Sommer, getrennt. Er war es leid, Thekla mit ihrem Beruf als Kriminalkommissarin teilen zu müssen. Stets war sie abrufbar, wenn ein neuer Todesfall geschehen war, nie war ein gemütlicher Theaterabend oder ein spontaner Aufenthalt in einem Wellnesshotel mit einem Genießerwochenende, planbar. Als sich dann in Bernds Kundenkreis, er war als selbständiger Malermeister viel unterwegs, eines Tages eine Kundin in ihn verliebte und ihm "schöne Augen" machte, ließ er sich darauf ein, verliebte sich und zog bei Thekla aus. Nun bewohnte er in Siegburg-Kaldauen ein kleines Reihenhaus, in dem David seit einigen Monaten auch wohnte. David war ebenfalls bei seiner Mutter ausgezogen, ebenfalls aus Liebe zu seiner Freundin. Bernds Neue, Doris Kaminski war nämlich die Mutter von Jana, in die sich David unsterblich verliebt hatte und mit der er seit etwas über einem halben Jahr eine heiße Beziehung führte. Praktischerweise wohnte Jana mit ihrer Mutter in einer Parallelstraße zu Davids Vater. Was lag da näher, als bei seiner Mutter auszuziehen und sich bei seinem Vater einzuquartieren?

»Ja, ja«, rief er zurück, Deine Eier werden schon nicht hart«

Jana lachte am Telefon auf.

»Wessen Eier werden nicht hart? « fragte sie, sich köstlich amüsierend.

»Na ja, mein Vater will mit mir heute mal ausgiebig frühstücken. Er war gestern auf so einer Senioren Karnevalsparty eingeladen und hat jetzt einen Kater. Er meint zu einem anständigen Frühstück gehören für ihn auch gekochte Eier, nur dürfen diese halt nicht hart gekocht sein.

»Frühstück mit Daddy« stellte Jana trocken fest.

»Ich glaub, er hat auch Deine Mutter zum Frühstück eingeladen. Eh, - hast Du nicht Lust, ebenfalls zu kommen? Wir könnten uns dann in mein Zimmer verziehen und… «

»und? « fragte Jana neugierig.

»Na ja, ein bisschen schmusen. Du fehlst mir«.

»Du fehlst mir auch. Ich hab' eine bessere Idee. Warte ein wenig, bis meine Mutter bei Euch ist, dann musst Du, unter einem Vorwand noch etwas Dringendes erledigen. Die zwei sind sicherlich gerne alleine und ich warte hier unter meiner warmen Decke auf Dich.«

David merkte augenblicklich, wie ihn die Vorstellung, mit Jana im Bett zu liegen, erregte. Er war sofort einverstanden, Janas Vorschlag anzunehmen.

»Bis gleich, Bella«, flüsterte er ins Telefon.

»Bis gleich, Romeo«, hauchte sie zurück.

Das Eierwasser mitsamt den Eiern, kochte wie wild und David bekam einen Schrecken. Hatte er doch, bei den schönen Aussichten, die Jana ihm eben gemacht hatte, die Frühstückseier seines Vaters vergessen. Schnell hielt er sie unter fließendes eiskaltes Wasser. Er mochte keine gekochten Eier. Lieber waren ihm Rühreier mit Speck und gewürfeltem Schafskäse aus Bulgarien. Sein Vater hatte bereits den Tisch liebevoll gedeckt.

»Wahrscheinlich nicht für mich«, dachte David, als er die Eier zum Tisch brachte.

»Bestimmt für Doris«, sagte er zu seinem Vater. Dieser nickte freudig.

»Und die Blumen? « fragte David. »Wo sind die Blumen für Deine Angebetete? «

»Oh Mann, die hab ich vergessen. Im Garten ist jetzt bei den Temperaturen alles erfroren und zur Tankstelle schaffe ich es nicht mehr, bis sie kommt«

David lachte laut, als er sagte:

»Dann musst Du Dich aber heute schwer ins Zeug legen«, und schaute seinen Vater mit einem zwinkernden Auge an. Dieser lachte jetzt ebenfalls.

*

Zweites Kapitel

Julius Winterhagen schmunzelte, als er sich, nachdem er endlich wieder zuhause angekommen war, eine Pfanne mit drei Spiegeleiern und Speck zubereitete. Das Brot hatte er sich bereits geschmiert und zwei Tomaten in mundgerechte Stücke geschnitten.

»Sollen sie ihn doch finden. Er hat keine Papiere bei sich und der Fluss ist weit weg von hier. Der kann überall oberhalb einer Fundstelle in den Fluss geworfen worden sein. Oberhalb, - denn flussaufwärts kann eine Leiche nicht getrieben werden«. Sein Grinsen wurde immer breiter. »Die kriegen mich nie, - dafür kriege ich aber bald die süße Maus Thekla. Dann wird der Papa schon sehen, wie es ist, unschuldig für etwas zu leiden, was man nicht begangen hat«. Er überlegte, ob er das kleine Filmchen auf seinem USB-Stick, das er letzte Nacht von Thekla in deren Schlafzimmer, gemacht hatte, schon jetzt als kleine Ankündigung an Peter Sommer, der nach seiner Pensionierung mit seiner Frau Franziska nach Bornheim-Roisdorf gezogen war, per Mail schicken sollte? Sozusagen als ersten Schrecken, dass etwas mit seiner

Tochter passieren könne, aber er wollte erst die "Beute im Sack" haben, bevor der ganze Polizeiapparat anlaufen würde. Er hatte nicht vor, Thekla zu töten, aber so zu quälen und zu entstellen, dass sie immer daran erinnert würde, dass ihr Vater einen immensen Fehler gemacht hatte, ihn für so lange Zeit hinter Gittern zu bringen. Der Vater würde sicherlich sein Leben voller Gram verbringen und so mehr leiden, als wenn er selber "bestraft" worden wäre.

Am späten Nachmittag erwachte Julius auf der Couch, auf die er sich nach dem Essen etwas ausruhen wollte, aus dem Schlaf. Er wollte die letzten achtundvierzig Stunden, bis zur Umsetzung seines ausgetüftelten Plans, ruhig verbringen und alles ganz sorgsam, Schritt für Schritt durchgehen. Es dürfte ihm kein Fehler unterlaufen oder noch einmal etwas, wie mit dem unliebsamen Besucher in seiner Wohnung, dazwischenkommen. Er beschloss, sich nicht ins Getümmel der Feiernden auf dem Siegburger Marktpatz zu begeben, sondern etwas um den Michaelsberg und seinen bewaldeten Hängen, zu spazieren.

*Der Michaelsberg, das Wahrzeichen Siegburgs, eine
ehemalige Abtei, die im Jahre 1064 vom Kölner
Erzbischof Anno II gegründet und zur Benediktinerabtei
wurde. Seit dem Jahre 1504 ist die Herstellung eines
Abtei-Likörs aus verschiedenen Kräutern und
Heilpflanzen dokumentiert, der ab 1952 in der Abtei
produziert wurde. Nach dem Auszug der Mönche aus der
Abtei im Jahre 2011 wurden die Lizenzrechte von den
Brüdern Kranz, beide Geschäftsführer des
Kranz****Parkhotels, am Fuße des Michaelsberges
gelegen, erworben und der weltbekannte Likör wurde seit
2011 von der "Abtei-Liqueur Siegburg GmbH" nun in den
historischen Gewölben des Michaelsberg wieder
produziert.*

*

Zur gleichen Zeit hatte Thekla, nachdem sie mit
ihrem Team ins Präsidium an der Frankfurter Straße in
Siegburg, zurückgekehrt waren, die vorläufigen ersten
Schritte, die zu unternehmen waren, koordiniert. Ihre
Kollegin Sybille Salz, hatte sich bei einem Unfall

während eines gemeinsamen Einsatzes so schwer verletzt, dass sie sich seitdem in den Innendienst versetzen ließ. Aus diesem Grund war sie nun als Sekretärin für die interne Ermittlungsarbeit und administrative Aufgaben der Dienstgruppe II, deren Leiterin, Thekla Sommer war, zuständig. Ihr wurde nun aufgetragen, zu ermitteln, ob es bereits im Rhein-Sieg-Kreis, siegaufwärts, Vermisstenanzeigen gab, deren Beschreibung auf den Toten passen würden. Peter Ludwig solle gemeinsam mit der Kollegin Lisa Drollig, der angeforderten Wasserschutzpolizei Unterstützung bieten. Die Kollegen würden mit einem großen und stabilen Schlauchboot, die Sieg ab der Stauung in Schladern, flussabwärts nach Spuren absuchen. Man suchte, um eventuell zu entdecken, wo der Leichnam ins Wasser geworfen wurde. Ein wahrscheinlich aussichtsloses Unterfangen, aber bei kriminalistischer Vorgehensweise muss jeder Möglichkeit nachgegangen werden, auch wenn die Erfolgsaussichten noch so klein waren. Robert Hanf stellte sich spontan zur Verfügung, in Anbetracht der Wetterlage, an Thekla's Twingo nun endlich die neuen Ganzjahresreifen aufzuziehen. Der Wetterdienst hatte für die Karnevalstage und die Zeit danach, heftigen Schneefall bis in die

Niederungen vorhergesagt. Leider waren alle Werkstätten deshalb bereits seit mehreren Tagen ausgebucht. Robert wollte nun schnell noch, in der präsidiumseigenen Werkstatt, selber die Reifen wechseln. Diese waren bereits vor zwei Wochen aufgezogen auf neuen Stahlfelgen, von Thekla gekauft worden. Unwillig, aber der Sicherheit, dem Wetterbericht zufolge, folgend, stimmte Thekla zu.

»Aber bitte, denk daran, wir haben hier einen Mord aufzuklären. Also nicht mit den Jungs aus der Werkstatt ein Schwätzchen halten und auch kein Bierchen während des Dienstes«.

»Nein, nein, ich beeile mich. Gott sei Dank haben die in der Werkstatt eine Hebebühne. Dann geht es bestimmt ratzfatz. Wollen wir nur hoffen, dass die Bühne gerade frei ist, ansonsten werde ich die Dringlichkeit mit einem derzeitigen Einsatz begründen«.

»Aber Robert, - es handelt sich bei dem Twingo um meinen Privatwagen. Da kannst Du nicht mit "dringendem Einsatz" argumentieren«, meinte Thekla.

»Glaube mir, mein Schatz, die Jungs wissen genau, wie sehr Du Deinen lindgrünen Flitzer liebst und ihn

jedem Dienstfahrzeug vorziehst. Die werden die
Hebebühne schon fix räumen, wenn ich ihnen erzähle,
dass ich sonst heute Abend mein Feierabendbier
vergessen könne«, witzelte Robert und verschwand
schmunzelnd aus dem Besprechungsraum.

Gerade wollte Thekla den anderen Kollegen die
Vorgehensweise, des bis jetzt undurchsichtigen Fall
schildern, als das Telefon klingelte. Thekla ging an den
Apparat und hob den Hörer ab.

»Sommer«, meldete sie sich.

»Bollenkamp«, meldete sich Thekla's Vorgesetzter,
kannst Du mal bitte jemanden zu mir ins Büro schicken?
Der Bericht der Rechtsmedizin ist da, mit interessanten
Neuigkeiten, die uns bestimmt weiterhelfen können. Ich
kann leider nicht selber kommen und die Sachen bringen.
Heute Morgen hat mich beim Aufstehen ein starker
Hexenschuss erwischt. Wenn ich längere Zeit sitze oder
beim Treppengehen, meine ich, mir würde ein Messer ins
Kreutz gerammt. Wenn ich gehe, dann nur im
Gänsemarsch und unter starken Schmerzen«.

»Warum bist Du denn nicht schon längst beim Arzt?«
fragte Thekla.

»Ich habe drei Teams, die hier alle zurzeit eingesetzt sind, außerdem ist Samstag und kein Arzt hat mehr Dienst. Nur die Feuerwehr, die Notärzte, die Rettungswachen und die Polizei arbeiten an Karnevalsfreitag. Außerdem werde ich hier gebraucht«.

Sybille Salz ging sofort und holte den Bericht, den Thekla dankend entgegennahm.

»Hier steht, dass es sich um einen etwa fünfunddreißigjährigen Mann handelt, der wohl Bodybuilding betrieben haben muss. Der Aufbau der Muskeln würde dafürsprechen. Todesursächlich seien die Messerstiche, mit einem beidseitig geschliffenen Messer gewesen, wovon einer das Herz mittig getroffen hatte und einer die Hauptschlagader zum Rumpf hin, verletzt hatte. Die Verletzung am Kopf hätte gezeigt, dass hier der Schädel, möglicherweise bei einem Sturz, so stark verletzt gewesen sei, dass er alleine hierdurch schon Unmengen Blut verloren hätte, sei nicht mit dem Klebeband die Wunde verklebt worden. Fest steht, dass die Kopfverletzung zeitgleich oder kurz nach den Messerstichen erfolgt sein musste. Im Blut sei kein Alkohol oder irgendwelche fremde Substanzen festgestellt worden. Was uns aber weiterhelfen könne, sei ein auffälliges Tattoo, welches sich am linken Arm, oberhalb des Armgelenks, auf der Armoberseite befände«.

Thekla blätterte auf die nächste Seite und schaute sich das Foto an, welches die Rechtsmedizin, als Anhang mitgemailt hatte. Es zeigte einen etwa sieben Zentimeter großen Anker, der sich auf einem etwa fünf Zentimeter großen Herz befand und um den ein Seil geschlungen, vom oberen Haken bis zur Spitze des Herzens schlängelte.

»Vielleicht sollten wir ein Gesichtsfoto des Toten und ein Bild des Tattoos an die regionale Presse geben und um Mithilfe bitten. Denk dran, morgen ist Samstag und inklusive Rosenmontag, wären, vom Auffinden der Leiche gerechnet, bereits neunzig Stunden vergangen. Wertvolle Zeit, in der sich der mutmaßliche Täter absetzen oder den Tatort verändern könnte«, brachte Lisa in die Runde der Kollegen.

»Ein sehr guter Vorschlag, vielen Dank Lisa. Sybille, sei so lieb und gib das entsprechend an die Zeitungen, die im Rhein-Sieg-Kreis in Frage kommen und frag beim WDR -Lokalzeit und bei RTL an, ob die das heute Abend noch senden können. Wir bitten um Mithilfe der Bevölkerung«.

Sybille nickte und machte sich sofort an die Arbeit, den entsprechenden Redaktionen das benötigte Bildmaterial zu übersenden und Eckpunkte des Geschehens mitzuteilen.

Die Türe wurde so schnell und weit geöffnet, dass Thekla an einen Überfall glaubte und blitzschnell aufsprang um den Angreifer abzuwehren. Robert kam herein und zeigte etwas, in der offenen Hand liegend, in die Runde. Dabei sagte er sehr laut und sichtlich aufgeregt:

»Schaut Euch das mal an. Wisst Ihr was das ist, und wo ich es gefunden habe? «

Alle schauten auf die dreckigen und ölverschmierten Hände von Robert.

»Na, das dürfte ein Teil einer Radmutter sein, die Dir gerade beim Anbringen meiner neuen Reifen, abgebrochen ist«, grinste Thekla.

»Das ist ein Peilsender«, sagte er sehr laut »und weißt Du wo der war? Alle schauten gespannt auf Robert. Unter Deinem Auto, hinter dem Einstieg auf der Beifahrerseite, etwa drei Zentimeter vom Holmen entfernt. Thekla, - Du wirst ausspioniert! «

Thekla bekam vor Staunen den Mund nicht mehr zu.

»Wie ist das denn möglich? « Thekla war entsetzt. Der Wagen war doch erst vor zwei Wochen beim TÜV. Die hatten mir doch noch empfohlen die Reifen zu wechseln. Sie waren noch nicht zu beanstanden, da ich aber überall, fahre, auch ins Bergische, solle ich lieber neue Reifen besorgen, die Du gerade drauf gemacht hast«.

»Die machen die Kollegen jetzt drauf. Ich musste Dir dieses blöde Ding hier zeigen. Ich ruf sofort beim TÜV an und frage nach dem Deppen, der die Kontrolle gemacht hat. Der hätte das Ding hier nicht übersehen dürfen«. Schon hatte Robert sein Handy in der Hand und suchte online nach der Rufnummer.

»Nun sei mal nicht so voreilig«, meinte Thekla. »Das sind auch nur Menschen und die können auch mal was übersehen«.

Robert hörte Thekla's Stimme nicht. Er war so zornig, bei seiner Freundin eine Wanze unterm Auto entdeckt zu haben, dass er nur noch dem Freizeichen am Handy lauschte.

41

»TÜV-Rheinland, Alois Riesenhuber am Apparat, Grüß Gott«

»Nix, Grüß Gott, hier Kripo Siegburg, Hanf. Sagen Sie mal, meine Frau war vor zwei Wochen bei Ihnen mit ihrem Twingo, zur Hauptuntersuchung. Heute stellen wir fest, dass ein Peilsender unter dem Wagen, auf der linken Seite in Höhe der Fahrertüre, angebracht war. Sagen Sie mal, wird der Wagen nicht mehr von unten untersucht? Wieso haben sie das Teil denn nicht entdeckt? «

»Warten Sie mal, ich schau mal gerade nach, - vor zwei Wochen sagten Sie? «

»Ja, vorletzten Montag«, zischte Robert.

»Ja, da hab ich es. Vorletzten Montag, - da hat der Chef selber untersucht. Ach ja, hier steht es, ein lindgrüner Twingo mit dem Kennzeichen SU-KW 758. Da war alles in Ordnung, außer einer mündlichen Belehrung wegen neuer Reifen. Die alten würden zwar noch funktionieren…«

»Ja, ja, das ist bekannt. Wie kann der denn dieses blöde Ding übersehen, was ich heute gefunden habe? «

»Glauben Sie mir«, rechtfertigte sich Riesenhuber, »der Chef ist ein Hundertfünfzigprozentiger, dem entgeht nichts. Gerade an der Stelle, die Sie beschrieben haben, fangen die Twingo's dieses Baujahres gerne an zu rosten. Da schaut der Chef bestimmt ganz besonders nach. Man kennt ja im Laufe der Jahre die Schwachstellen der verschiedenen Automarken«.

»Na dann, danke für die Auskunft«, Robert beendete das Gespräch, immer noch mit einer Stinkwut im Bauch. »Die muss Dir einer in den letzten zwei Wochen untergejubelt haben. Bei irgendeinem Einsatz vielleicht? Oder sogar vor dem Haus? Nachts, wenn wir geschlafen haben? Ich habe Dir schon so oft gesagt, Du sollst Dich nach einer Garage umschauen, eventuell an der Tankstelle, zweihundertfünfzig Meter entfernt, an der Zeithstraße«.

»Die Garagenmieten sind doch viel zu teuer. Jeder will eine haben, aber den mit dem Sender, den kriegen wir schon. Der Sender geht jetzt erstmal in die KTU. Vielleicht können die schon was herausfinden? «

»Dass Du so ruhig bleiben kannst. Da will jemand ausspionieren, wo Du Dich aufhältst oder sogar ein Bewegungsprofil erstellen und Du, Du bleibst einfach so cool«.

»Robert«, sagte Thekla nun mit beruhigenden Worten, »Du, mein Held, hast die Gefahr nun gebannt. Jetzt ist es an der Zeit, die Dinge zu gewichten und die Augen offen zu halten. Mehr können wir im Moment nicht tun. Wir werden wachsam sein und die Augen offenhalten. Jetzt geh' Dir mal die Hände waschen, Du stinkst wie eine Autowerkstatt. Pass aber auf, dass Du hier nichts vollsiffst«. Schmunzelnd hielt Thekla die Türe des Besprechungsraums auf.

*

In der abendlichen Fallbesprechung, zu der sich die Kollegen der Dienstgruppe II immer treffen, um den anderen jeweils die Ermittlungsergebnisse des Tages bekanntzugeben und Thekla diese dann auswertete und das weitere Vorgehen auf die einzelnen Kollegen verteilte, kam nichts nennenswert Wichtiges heraus.

Peter und Lisa hatten den ganzen Nachmittag mit zwei Kollegen der Wasserschutzpolizei in einem großen Schlauchboot verbracht.

»Das war interessant«, erzählte Lisa, »aber der Bootsführer hatte mir erklärt, je größer so ein

Schlauchboot mit starrem Boden ist, desto geringer ist die Wassertiefe die es braucht, da es keine so große Wasserverdrängung hat, wie ein kleines Schlauchboot, in dem drei Personen sitzen. Die Aufliegelast auf dem Wasser würde sozusagen auf eine große Fläche verteilt, - so oder so ähnlich hab' ich es jedenfalls verstanden«.

»Interessant«, murmelte Robert, der die Deckenplatten aus Styropor zu zählen schien. Nun schaute er Lisa an und fragte, »und was hat Euer Schiffsausflug nun gebracht, außer den neuesten Seemannsimpressionen? «

Peter Ludwig, der auch auf dem Boot war und die ewigen kleinen, jedoch spaßig gemeinten Sticheleien zwischen Robert und Lisa kannte, meinte: » Wir haben zwischen der Siegstauung in Schladern und der in Alzenbach, außer einigen Eimern, jede Menge Balken und loses Gezweig, nichts Fallbezogenes sehen können. Zwischen Alzenbach und Siegburg ist uns keine Stelle aufgefallen, an der man die Leiche ins Wasser gebracht haben könnte. Was uns auffiel, war ein alter Teppich, der sich im Ufergebüsch bei Hennef verfangen hatte. Der Teppich wies große dunkelrote Flecken auf und Reste eines Klebebandes. Es könnte sich um das gleiche

Klebeband handeln, wie das am Kopf des Toten. Wir haben den Teppich mitgebracht und sofort bei der KTU abgegeben. Die Ergebnisse werden morgen früh auf Thekla's Tisch liegen«.

»Das wäre schon eine erste Spur. Danke für Euren Einsatz. Wenn dann morgen die Ergebnisse hier sind, ist vielleicht auch das Ergebnis einer anderen Untersuchung hier. Mir wurde ein Peilsender am Auto angebracht. Irgendjemand möchte gerne wissen, wo ich mich so aufhalte. Na ja«, witzelte Thekla und warf den Kopf in den Nacken, »scheine ich doch noch recht interessant zu sein«. Dabei blickte sie Robert an, der nur mit dem Kopf schüttelte.

Sybille Salz hatte die Nachrichten bei der WDR-Lokalzeit und bei RTL-Aktuell verfolgt. Sie kam zu der Besprechungsrunde und teilte mit, dass in beiden Sendungen der Aufruf erfolgte, der- oder diejenige, der zur Identität des Ermordeten etwas sagen könne, möge sich bitte an die Polizei wenden. Das Bild des Toten und des Tattoos wurden ebenfalls gezeigt.

»Hoffentlich melden sich nicht wieder irgendwelche Wichtigtuer. Morgen früh werden wir hoffentlich ein paar richtungsweisende Hinweise haben«. Thekla stand auf und beendete die Runde. »Dann bis Morgen«, sagte sie.

Drittes Kapitel

Es war kurz vor Mitternacht, als er sein Smartphone zückte und die versteckte App suchte. Es sollte ja nicht sofort ersichtlich sein, hinter welchem Bild er die Überwachungs-App versteckt hatte.

»Ah, mein kleines Schnuckelchen mit dem aufreizenden Körper ist noch im Präsidium«, stellte Julius Winterhagen zufrieden fest, »arbeite schön fleißig. Es werden die letzten Tätigkeiten sein, bevor ich Dich am Montag beim Karnevalszug in Siegburg hole«. Er hatte an dem Abend, als er die Drohne in Thekla's Garten aufsteigen ließ, einen Peilsender unter ihrem Twingo angebracht, der, so glaubte er, bestimmt nicht in den nächsten Tagen entdeckt werden würde. Er brauchte nur noch ein paar Tage, um seinen, lange ausgedachten Plan umzusetzen.

Auf dem Rückweg von seinem Spaziergang um den Michaelsberg, zu seinem nur für diese Zwecke angemieteten Unterschlupf über dem Erotic-Shop, hatte er sich in dem nahegelegenen Chinarestaurant etwas zum Mitnehmen zubereiten lassen. Julius liebte "Ente an

Orange", ein Leckerbissen, dass er die vielen Jahre im Knast vermisst hatte. Seine Mutter hatte diese Köstlichkeit an besonderen Feiertagen zubereitet und er, sowie seine beiden Schwestern, saßen jedes Mal mit großen Augen und wässrigen Mündern vor der geschlossenen gläsernen Backofentür. Es roch so herrlich nach Orangen, Geflügelfond und dem Eigengeruch der kross werdenden Entenhaut. Diese Erinnerung ließ ihn jetzt die in einer Styroporschale verpackte Ente auf einen Teller legen, die Bratensoße und den mitgelieferten Reis daneben anrichten und das Ganze für dreieinhalb Minuten in der Microwelle mit eingeschaltetem Grill, erhitzen. Zu dem Essen goss er sich noch ein leckeres Warsteiner Pils ein und erinnerte sich beim Essen an seine schon lange verstorbene Mutter.

*

Thekla wollte an diesem Abend nicht schon wieder zu Fritten Paul in Kaldauen. Obwohl Robert die Currywurst dort so mochte, dass er sie jeden Tag hätte essen können, ließ er sich von Thekla überreden. Sie wollte lieber zuhause schnell etwas mit Gemüse zubereiten.

»Denk doch bitte an Deine Gesundheit«, sagte sie, »ich möchte noch lange etwas von Dir haben und da ist dieses ständige Fastfood nicht unbedingt förderlich«.

»Aber ich liebe die selbstgemachte Currysoße so sehr. Paul ist Meister darin, diese Köstlichkeit zuzubereiten«.

»Heute nicht«, entschied Thekla, »wir halten gleich noch schnell am Supermarkt und ich kaufe Lauch, Hackfleisch und Schmelzkäse. Es gibt die Käse-Lauch-Suppe, die ich vor einigen Wochen schon Mal gekocht habe. Danach hast Du Dir auch die Finger geleckt. Dazu hole ich ein paar frische Rosenbrötchen und schon reicht es für heute Abend«.

Robert nickte resigniert. »Wenn Du meinst? «

Zuhause angekommen, öffnete Robert zuerst die Haustüre, dann den Briefkasten.

»Werbung, Rechnung, Werbung, Bettelbriefe, was ist das denn? « Robert hielt einen dicken DIN A4 Umschlag in die Höhe. »Landeskriminalamt Wiesbaden, - für Dich«.

Thekla's Miene erhellte sich und sie fing an, breit zu grinsen.

»Ich glaube«, sagte sie schnell, »Du kannst doch schnell nach Kaldauen fahren. Hol mir auch 'ne Currywurst mit Brötchen«.

Sie nahm den Umschlag, schlüpfte aus ihrer Jacke, zog die Schuhe aus und die warmen fellgefütterten Pantoffeln, die sie von David zum letzten Geburtstag bekommen hatte, an und ging Richtung Wohnzimmer.

»Nu fahr schon«, sagte sie zu Robert, »ich habe Hunger«.

Als sie auf der Couch saß und Robert endlich die Türe geschlossen hatte, öffnete sie neugierig wie eine Katze vorm Mauseloch wartend, den Umschlag. Mit großen Augen las sie sich selber vor:

Sehr geehrte Frau Thekla Sommer,

*Wir freuen uns, Ihnen mitteilen zu dürfen, dass Sie es
unter die letzten sechzig Bewerber des Auswahlverfahrens
geschafft haben. Wie Sie wissen, soll die Personalstärke
der neuen Sondereinheit, sechsunddreißig nicht
überschreiten. Deshalb bitten wir Sie, zu dem letzten Teil
des Auswahlverfahrens, in drei Wochen an die Ihnen
bereits bekannte Adresse in Wiesbaden anzureisen. Der
letzte Test wird zwei Tage dauern. Bitte unterrichten Sie
uns mit beiliegender Karte, ob Sie an dem Test
teilnehmen.*

Mit freundlichen Grüßen

Landeskriminalamt Wiesbaden

»Oh mein Gott«, rief Thekla voller Freude laut auf.
»Drei Wochen? - Was ich da noch alles erledigen muss? -
Worauf muss ich mich denn besonders vorbereiten? –
Kriminaltechnische Kenntnisse? – Körperliche Fitness? –
Oh mein Gott – was mach ich nur? – Wie sag ich´s
Robert? «

Robert öffnete gerade wieder die Haustüre und trat aus
der Dunkelheit in den erleuchteten Flur. Er zog seinen
Mantel und die Wollmütze aus, die Thekla ihm besorgt

52

hatte, nachdem er sich davor bei der mörderischen Kälte eine Ohrenentzündung zugezogen hatte. Ohne diese Mütze ging er nicht mehr raus, nachdem Thekla einen Tobsuchtsanfall bekam, weil er sich leichtsinnigerweise bezüglich seiner Gesundheit verhielt. Er hing Beides an den Haken und rief:

»Eine Arschkälte da draußen«,

ins Wohnzimmer hinein. Er meinte, Currywurst mit Fritten würde man gut im Sessel essen können, doch Thekla belehrte ihn eines Besseren und zitierte ihn samt seinem "Mantateller", wie er immer liebevoll zu diesem fettigen Essen sagte, an den Esstisch.

»Nachher heißt es wieder, "Oh Schatz das wollt ich nicht", aber ich kann sehen wie ich Majo und Ketchup aus dem Teppich kriege«.

Murrend nahm er sein Essen und setzte sich neben Thekla, die bereits ihre Currywurst mit dem Brötchen aß. Insgeheim musste sie Robert Recht geben. Das war weit und breit die beste Currywurst.

»Das muss ja ein wichtiger Brief sein«, er zeigte auf das große Kuvert und sprach mit vollem Mund weiter, »wenn Du selbst das gesunde Essen dafür sausen lässt«.

»Also, pass auf, - ich MUSS es Dir jetzt sagen«, fing Thekla an.

Mit ganz großen Augen schaute Thekla's Lebenspartner nun in zwei leuchtende, ihm gegenübersitzende Augen. Er hörte auf zu Kauen und schlang seinen Bissen runter. So spannend hatte es Thekla noch nie gemacht. Hatte sie ihm etwas verheimlicht? Wenn ja, was war es? Wollte sie sich von ihm trennen, oder warum machte sie es jetzt so spannend?

»Was denn mein Schatz? «, fragte er aufgeregt.

»Ich war doch vor ein paar Monaten für eine Woche auf dem Weiterbildungslehrgang, auf den mich Bollenkamp geschickt hatte. Es ging um Mitarbeiterführung, soziales Management, Strukturen des Teambuilding und so weiter, Du erinnerst Dich? «

Robert nickte. »Ja, das war doch als Du Dir in der dortigen Kantine etwas eingefangen hattest und es Dir so schlecht ging, dass Du drei Tage nicht mit mir telefonieren konntest«

»Das mit dem Telefonieren hatte andere Gründe. So, also, - was ich Dir jetzt erzähle ist streng vertraulich und geheim«

Robert hörte fast auf zu atmen, schluckte und saß mit offenem Mund da.

»Davon, was meine Person betrifft, wissen in ganz Deutschland bisher nur eine Handvoll Leute, aber Du als mein Lebenspartner hast ein Recht darauf es nun auch zu erfahren. Aber bitte, vollste Diskretion. Zu niemandem ein Wort darüber«.

Robert nickte erneut. Er vergaß zu essen und lauschte nun voll konzentriert.

»Vor etwa zwei Jahren fasste man auf höchster Ebene den Entschluss, eine Sondergruppe der Polizei in Deutschland zu etablieren. So eine Art Spezial Truppe. Dieser Gruppe sollen sechsunddreißig Leute angehören, zwei aus jedem Bundesland. Beamte die in dieser Sondereinheit sind, werden, wenn sie zum Einsatz kommen, verdeckt ermitteln. Die Leute sind dem jeweiligen LKA aber federführend dem BKA untergeordnet«.

»Und da hast Du Dich beworben? « fragte Robert erstaunt.

»Nein, das ging auch gar nicht. Dorthin konnte man sich nicht bewerben. In diese Einheit konnte man nur "berufen" werden. Aus den jeweiligen Polizeipräsidien konnten Vorschläge unterbreitet werden, von Ermittlern, welche sich durch nicht näher zu benennende, besondere Einsätze verdient gemacht hatten. Wieso nun ausgerechnet ich zu dem Kreis der Benannten zählte, ist mir nicht bekannt. Vielleicht hat mein Vater als ehemaliger und langjähriger Leiter der Bonner Mordkommission seine Finger da drin? Keine Ahnung Robert, ich weiß es nicht. Jedenfalls muss ich in dem Vorauswahlverfahren und den Tests gut abgeschnitten haben«.

Thekla zeigte auf den Umschlag, der auf dem Tisch lag.

»Würde es Dir denn Spaß machen, uns hier möglicherweise wochenlang alleine zu lassen und die Nächte in dunklen Hotelzimmern zu verbringen? Denk daran, dass Du jetzt nicht mehr alleine bist und denk an Deinen Sohn«.

»Robert, - als wir den Beruf des Polizisten ergriffen und später in die Kripolaufbahn wechselten, taten wir das bewusst. Wir entschieden uns dafür, obwohl wir wussten, dass unregelmäßige Arbeitszeiten an der Tagesordnung sein würden. Nun wird mir die Möglichkeit geboten, eine Stufe der Karriereleiter weiter zu steigen. Ich wäre dumm, dies nicht zu tun. Außerdem will ich auch mehr, als Kriminalkommissarin sein. Ich will andere Herausforderungen. Das verstehst Du doch? «

»Aber ich…«, setzte Robert an.

Thekla legte ihre Hand behutsam auf seinen Mund.

»Hör mal Schatz, - erstens bin ich noch nicht final auserwählt und zweitens würde jeder der Beamten seinen Dienst in der jeweiligen Dienststelle weiter versehen. Ein Einsatz, den das LKA anordnen würde, kann unter Umständen ein Jahr, wenn überhaupt, auf sich warten lassen. Es geht nur immer um den Fall der Fälle. Dann müsste ich kurzfristig in Nordrhein-Westfalen ermitteln. Ich muss Dich aber nochmal dringend darum bitten, - strengste Geheimhaltung«, dabei schaute sie ihm tief in die Augen.

Robert nickte, »Klar doch, - absolutes Stillschweigen, auch im Polizeipräsidium? «

Diesmal nickte Thekla, »Auch dort, aber lass uns jetzt vorerst nicht mehr darüber reden. Erst mal abwarten was das alles ergibt. Im Übrigen muss ich ab morgen unbedingt an meiner Fitness arbeiten, mein Lauftraining am Michaelsberg ausweiten und mich auch bei einem "Kick-Box" Verein anmelden. Ich will bei dem bevorstehenden Test topfit sein«.

Robert war jetzt wie ausgewechselt. »Wieso bis morgen warten? « fragte er, »zieh die Laufschuhe an, ich begleite Dich sofort beim Laufen. Nichts auf die lange Bank schieben, sondern sofort umsetzen«.

Thekla schaute ganz verdutzt. Dann meinte sie: »Du hast recht«, und grinsend fügte sie hinzu, »nur die harten kommen in den Garten«.

*

Peter Ludwig hatte kaum geschlafen. Sein Sohn hatte am Vorabend noch lange Hausaufgaben gemacht und sich auf eine bevorstehende Klausur des Anno-Gymnasiums, auf der Zeithstraße, auf das auch Thekla's Sohn David ging, vorbereitet. Hierfür hatte er immer wieder Vaters Hilfe eingefordert. Als Peter dann endlich im Bett lag und sich in der Einschlafphase befand, fing seine Frau fürchterlich an zu schnarchen. Sie hatte sich in den letzten

Tagen eine Erkältung eingefangen, da sie bereits mit ihren Freundinnen des Karnevalclubs "fidele Wolsdorfer Möhne", schon Sitzungen besucht hatte und immer auf den Mantel verzichtete. Auf das Anstupsen der schnarchenden Ehefrau, reagierte diese zwar immer mit einer Drehung im Bett, jedoch dauerte es höchstens zwei Minuten und es ging von vorne los. Also entschloss sich Peter dazu, den letzten Rest der Nacht im Wohnzimmer auf dem Sofa zu verbringen und morgens, recht früh, das Haus zu verlassen. Genau deshalb wartete er nun bereits seit fast einer Stunde im Polizeipräsidium.

Auch Lisa Drollig kam recht früh ins Präsidium. Sie wollte schon vor der morgendlichen Besprechung, das Gebiet auf einer Landkarte eingrenzen, in dem der Tote vom Siegwehr, möglicherweise ums Leben kam und in den Fluss geworfen wurde. Als sie Peter bereits im Besprechungsraum sitzen sah, holte sie jedoch erst einmal zwei Tassen Kaffee. Gemeinsam machten sie sich an die Ermittlungsarbeit.

Robert hatte Thekla überredet, nun auch die Laufrunden durch den Wald zu intensivieren und mit ihr gemeinsam zu absolvieren.

»Das wird nicht nur Deiner Fitness, sondern bestimmt auch meiner Wampe, guttun«, hatte er gemeint. Das Thekla aber mit ihrer "Steigerung der Fitness" auch meinte, dass sie nun die bisherige Strecke in kürzerer Zeit zurücklegen wolle, hatte er nicht bedacht. So jedenfalls hechelte er in immer größer werdendem Abstand hinter ihr her.

Gemeinsam trafen die Beiden nach einer Dusche zu Hause, am Stallberg im Präsidium ein. Als erstes erkundigten sie sich bei Alfred Bollenkamp danach, ob es Erkenntnisse aus der Fernsehfandung und der Herkunft des gefundenen Peilsenders gäbe. Mit einer vierseitigen Liste betrat Thekla den Besprechungsraum. Robert besorgte noch Kaffee.

»Guten Morgen zusammen, ich hoffe Ihr hattet eine gute Nacht und seid ausgeruht. Hier wartet nun jede Menge Arbeit auf uns. Einiges dürfte Recherchearbeit für Dich, liebe Sybille, sein. Hier auf der Liste sind einhundert Anrufe mit Hinweisen. Bitte überprüfe diese auf Relevanz der in Frage kommenden Person. Einige Anrufe sind aus Bonn, aus Neunkirchen-Seelscheid, andere kommen sogar aus dem Rhein-Main Gebiet. Ich weiß zwar nicht, wie diese Anrufer darauf kommen, dass die Leiche von dort nun hier in der Sieg gefunden werden konnte, aber RTL hat das in den bundesweiten, nicht nur in den regionalen Nachrichten gebracht. Es scheinen sich auch Hinweise zu dem Tattoo ergeben zu haben. Bitte überprüfe dass schnellstmöglich«.

Sybille Salz nahm die Listen an sich und ging in ihr Büro.

»Was hat die Untersuchung des Peilsenders ergeben?« wollte Robert wissen.

»Hier steht, es würde sich um einen "Ortungssender" handeln, der möglicherweise im Darknet erstanden wurde. Die Art der Herstellung lässt darauf schließen, dass es sich um eine osteuropäische Bauweise mit entsprechender Technik, handelt«.

»Oh mein Gott, Thekla, dann pass bitte verstärkt auf Dich auf«, meinte Peter Ludwig und Lisa fügte, in Richtung Robert hinzu: »Und Du auch auf Deinen Schatz«.

»Was glaubt Ihr wohl, was ich mit dem Typen machen würde, der Thekla ausspioniert? Dem würde ich eine Treppe in den Hals schlagen, dass er sein Essen runtertragen könnte«, versuchte Robert, die für ihn sehr heikle Situation mit gekünsteltem Humor zu überspielen.

»Wir können unsere Arbeit dadurch nicht vernachlässigen. Es dürfte reichen, wenn ich nun etwas achtsamer mein Umfeld beobachte und auch Kleinigkeiten registriere«.

»Siehst Du? Genau wie ich es Dir gesagt habe. Es macht schon Sinn, wenn ich Dein Lauftraining jetzt noch intensiver begleite und auch mit in den Verein gehe«, flüsterte Robert.

»In welchen Verein? Karnevalsverein? Da hätte ich auch Lust dran«, sprudelte Lisa los, die auch das Flüstern sehr gut wahrnahm.

»Nein, nein«, winkte Thekla ab, sah Robert aber seitlich mit einem strafenden Blick an, »wir möchten gerne etwas beweglicher werden und was für unsere Körper tun. Deshalb wollen wir in einen Verein, wo wir körperlich etwas gefordert werden. In einen Verein muss man regelmäßig zu bestimmten Zeiten zum Training, - wenn man privat trainiert, schludert man allzu gerne«.

»Da geh ich mit«, sagte Lisa mit großen Augen.

»In einen Tanzsportverein? « fragte Robert provozierend, da er Lisa auf gar keinen Fall beim Kick-Boxen dabeihaben wollte.

»Ach so, - nee macht das mal alleine. Das ist nichts für junge Leute«.

Thekla sah Robert erstaunt an und dachte: »Nichts für junge Leute? Gehören wir mit Mitte Dreißig bereits zur älteren Generation? Na, egal, - Robert hat das sehr gut gemeistert«.

Sybille kam in den Besprechungsraum. »Schaut mal bitte hier, sagte sie. Mir war aufgefallen, dass die Hinweise auf das Tattoo ergaben, dass eines, ein Mann aus Ruppichterroth, eines ein Mann aus Eitorf und eines ein Mann aus Köln, haben solle. Es solle aber auch einen Mann in Frankfurt geben, der so ein Tattoo hat. Den Mann in Köln habe ich telefonisch erreicht. In Ruppichterroth geht niemand ans Telefon und zu dem in Frankfurt sind die dortigen Kollegen unterwegs, um festzustellen ob er noch lebt oder als das Mordopfer in Frage kommt«.

»Verdammt gute Arbeit, Sybille. Du glaubst gar nicht, wie froh ich bin, dass Du jetzt diese Arbeiten für das Team übernommen hast. Du fehlst uns zwar in der Arbeit draußen, aber leistest hier wertvollen Dienst«.

»Danke, Thekla«, Sybille merkte, wie sie durch so viel Lob, rot wurde und verließ den Raum.

»Also, dann fährst Du« Thekla schaute zu Peter, »nach Eitorf und schaust nach, ob Du den Mann auftreiben kannst und ob er noch lebt und Du, »diesmal schaute Thekla in Richtung Lisa, »schaust nach, ob der Mann in Ruppichteroth noch lebt, bzw. wann er zuletzt gesehen wurde«.

Die beiden Angesprochenen erhoben sich mit den Worten: »Na dann wollen wir mal sehen, wer denn Glück hat und den jeweils Gesuchten antrifft«.

Als Lisa die Türe hinter sich schließen wollte, forderte Thekla sie auf, noch einen Moment zu warten. »Hör mal bitte, ganz kurz noch, meine langjährige Freundin Sylvia, mit der ich schon zusammen Abi gemacht habe, möchte heute Abend mit mir in die Therme nach Bonn fahren. Wir gehen dort, wie Du weißt, mehrmals im Jahr zum

Entspannen hin. Letztens sagtest Du doch, dass Du da gerne mal mitfahren wolltest. Wie wäre es mit heute? «

Lisa überlegte und meinte, »Wann dachtet Ihr denn so, wolltet Ihr dort sein? «

»Wir machen uns da keinen Stress, - nach Feierabend denke ich, - wenn uns keine weiteren Erkenntnisse an den aktuellen Mordfall binden, - so gegen Neunzehn Uhr? Nur eines solltest Du noch wissen und Dich nicht wundern. Sylvia hat sich nach einer kurzen Ehe als lesbisch geoutet. Also,- ich hab da gar keine Probleme mit. Wenn es Dich nicht stört…? «

Lisa schüttelte schnell den Kopf, bekam aber rote Wangen, hatte sie doch selber erst vor kurzem ein gleichgeschlechtliches Erlebnis gehabt und als sehr schön empfunden. »Ich hab da auch gar kein Problem mit. Gerne komme ich mit. Die Jahreszeit lädt ja gerade dazu ein«.

»Oh ja«, meinte Robert, »das ist wirklich eine gute Idee«, und schaute dabei wie zufällig auf Lisas wohlgeformten Busen, nach Roberts Einschätzung ein einladendes D-Cup, »da komm ich doch auch gerne mit«.

»Hast Du nicht heute Abend Skat mit Deinen Jungs? «
fragte Thekla. »Das könnte Dir so passen, Dir bei anderen
Frauen Appetit zu holen und mich dann wieder mal nicht
richtig schlafen lassen«. Diesmal merkte Thekla, dass sie
zu schnell gesprochen hatte, ohne nachzudenken wer es
noch hören würde. Dies bemängelte sie ja eigentlich
immer an Robert. Schnell fügte sie lachend hinzu, »Wobei
wir dann ja auch beide nicht unbedingt an Schlaf
denken«.

»Fein, also dann freue ich mich auf heute Abend. Kann
ich in Deinem Auto mitfahren? In der Bonner Innenstadt
findet man so schlecht Parkplätze«.

»Klar, ich komm Dich abholen, liegt ja direkt auf dem
Weg. Aber wir sehen uns ja sowieso nach den heutigen
Ermittlungen in der abendlichen Fallbesprechung«.

»Natürlich«. Lisa schloss die Türe hinter sich und ging
in freudiger Erwartung auf den Abend zu ihrem Auto.

»Willst Du Dich nicht lieber am Abend auf Deine
Fitness konzentrieren, anstatt Dich mit Deinen
Freundinnen zu amüsieren? «, fragte Robert flüsternd,
obwohl kein anderer mehr im Raum war.

»Alles zu seiner Zeit«, flüsterte Thekla zurück, »Entspannung ist ein wichtiger Bestandteil von Fitness und außerdem muskelaufbaufördernd, wenn man alles im rechten Maß unternimmt«. Sie wunderte sich warum sie nun ebenfalls flüsterte. Doch da ging die Türe auf und Sybille kam strahlend herein.

»Vielleicht hab ich hier was«, sagte sie. »Die Kollegen in Frankfurt wollten bei einem Mann nachschauen, der auch so ein gesuchtes Tattoo haben soll, ob er zu Hause sei. Dabei erfuhren sie von Nachbarn im gleichen Haus, dass der Gesuchte, ein gewisser Kai Wollanski, schon mehrere Tage nicht gesehen wurde. Auch sein Auto, ein blauer Dacia, sei schon einige Tage nicht mehr auf seinem Parkplatz vor dem Haus. Die Angaben machte der Nachbar deshalb so präzise, da er gehbehindert ist und sich auf die täglichen Besorgungen durch Herrn Wollanski immer verlassen hatte. Morgendliche Brötchen und die Tageszeitung gehörten sozusagen zum Ritual«.

»Und seit wann vermisst er diesen Nachbarn?« wollte Thekla wissen.

»Die Frankfurter Kollegen meinten, bereits seit drei Tagen«.

»Konnte der gehbehinderte Mann unseren Toten anhand des Bildes identifizieren? «

»Die Kollegen hatten kein Bild dabei, da sie nur den Auftrag hatten, zu ermitteln, ob der Mann angetroffen wird und lebt«.

Thekla fasste sich an die Stirn. »Gut«, meinte sie, »haben wir das Kennzeichen des blauen Dacia? «

Sybille nickte und reichte Thekla einen Zettel.

»Sei so lieb und veranlasse eine sofortige bundesweite Fahndung nach dem Auto und Kai Wollanski. Vielleicht haben wir so Erfolg. Ach ja, schick den Frankfurter Kollegen nochmal ein Bild von dem Toten. Die sollen nochmal zu dem Mann fahren und das Bild vorzeigen«.

*

"In den nächsten Tagen hol ich mir Dein Töchterlein und werde viel Spaß mit ihr haben, als Entschädigung für die letzten zehn Jahre", stand als Begleittext einer angehangenen Filmdatei, die Peter Sommer am Mittag in dem Postfach seines Laptops vorfand.

»Immer diese SPAM-Mails«, rief er zu seiner Frau Franziska, die in der Küche dabei war, das Mittagessen vorzubereiten. Er hatte die Datei bereits markiert und wollte sie gerade löschen, als es ihn wie vom Blitz getroffen traf. Wieso stand da "als Entschädigung für die letzten zehn Jahre"? War das eine neue Masche von Betrügern, die in Anhängen Virensoftware transportierten? Woher wussten die denn, dass ausgerechnet er eine Tochter hat. Aber Thekla war doch schon erwachsen und wüsste sich sicherlich, als Kommissarin, zur Wehr zu setzen. »Aber man kann sich nur zur Wehr setzen, wenn man vorbereitet ist. Unvorbereitet kann man in jede Falle laufen«, ging es Peter durch den Kopf. Sein kriminalistischer Instinkt war geweckt und er spürte ein Kribbeln im ganzen Körper. Was wollte der Verfasser der Mail? Hatte er genau das im Sinn? Dass der Mailempfänger genau auf diese Weise neugierig wurde, oder war das gar kein Versuch, fremde Daten in einen anderen Computer eindringen zu lassen.

Peter merkte, dass er zu schwitzen begann. Erst letzte Woche hatte er das neueste Jahresupdate eines der größten Virenabwehrprogramme installiert. Würde ihn das vor jeder Bedrohung schützen? Er wusste, dass dieses

Programm angeblich auch Mails checken würde. Noch immer angestrengt nachdenkend, drückte sein linker Zeigefinger die "ENTER"-Taste.

Es war geschehen. Auf dem Bildschirm begann sich ein kleiner Kreis zu drehen und die Filmdatei öffnete sich. Zunächst sah Peter Sommer nur einen schwarzen Bildschirm, wobei ganz schwach der Umriss eines Hauses zu sehen war. Die Kamera schien sich auf das Haus hin zu bewegen. Dann konnte man ein erleuchtetes Fenster aus der Ferne sehen, was aber immer größer wurde.

»Aha, - eine Drohnenkamera«, dachte Peter.

Als das Fenster ganz nah war, stoppte die Drohne. Man konnte ein erleuchtetes Badezimmer erkennen und jemand, der hinter der Plexiglaswand der Duschkabine duschte.

»Also doch ein versteckter Porno, wie vermutet«, dachte sich Peter Sommer und wollte den Scheiß gar nicht weitersehen. Doch dann stieg eine Frau aus der Duschkabine und griff nach dem Handtuch um sich langsam abzutrocknen. Peter traute seinen Augen nicht. Er klappte das Oberteil des Laptops nach unten und rief ganz laut, »Franzi, - komm mal schnell«. Er hatte Thekla erkannt.

Franziska kam gerannt, dachte sie doch, ihr geliebter Mann hätte wieder seine Herzschmerzen bekommen, weshalb er erst vorgestern beim Arzt war. Tatsächlich lag er zurückgelehnt auf der Couch und hielt sich die Brust fest.

»Schau mal bitte, das hab ich in meinem Postfach gefunden. Erschrick aber nicht und sage mir bitte, dass das nicht Thekla ist, die Du dort erkennst.

Franzi klappte den Laptop wieder auf, meldete sich erneut an und schaute sich das Filmchen eine Weile an. Dann nickte sie mit dem Kopf. »Doch mein Schatz, dass ist Thekla mit Robert. Wer macht denn solch widerliche Aufnahmen und wieso bekommst Du die zu sehen? «

Peter hatte sich eigentlich darauf gefreut, mit seiner Frau nach dem Mittagessen in Bornheim zu spazieren und sich dort den Karnevalsumzug anzuschauen. Danach wollten sie auf der Hauptstraße an dem einen oder anderen Bierstand noch einen trinken, um mit den Bornheimern ins Gespräch zu kommen. Nun jedoch war die Laune absolut auf dem Nullpunkt.

»Da muss die Kripo eingeschaltet werden«, sagte er und wollte sofort zum Telefon greifen. Franzi jedoch beschwichtigte und meinte: »Nicht sofort die Kavallerie auflaufen lassen, - sprich erst mit Thekla. Schließlich ist sie die Betroffene«.

Peter schnaufte tief durch. Dann nickte er und meinte, »Du hast ja recht«. Nun griff er doch zum Telefon, wählte aber Thekla's Handynummer.

Als Theklas Handy klingelte, war sie gerade mit der flüsternden Unterhaltung mit Robert fertig. Sie schaute aufs Display. »Was will der denn jetzt? Nein, im Moment hab ich keine Zeit für Familie, - wir sind hier in einem Fall«. Sie drückte die rote Taste und wies den Anruf ab.

Keine Minute später klingelte Roberts Handy.

»Unbekannte Nummer«, las er. »Wer ist das denn? « fragte er zu Thekla gewandt.

»Wahrscheinlich mein Vater, den hast Du doch nicht in Deinem Handy gespeichert. Dann erscheint er als "unbekannte Nummer". Scheint vielleicht doch wichtig zu sein? «

Robert nahm das Gespräch an. »Robert Hanf«, meldete er sich.

»Hallo Robert, hier ist Peter. Thekla's Vater. Ist Thekla bei Dir? «

»Ja, die sitzt hier neben mir. Wir sind gerade in Ermittlungen zu einem Mordfall«.

»Gib sie mir bitte mal, - SOFORT«

Robert hielt den Hörer verwundert vom Ohr weg, schaute auf die Hörmuschel und reichte das Handy zu Thekla.

»Hier, - so kenne ich Deinen Vater gar nicht. In welchem Ton der gerade Anweisungen gibt? – also bitte.

Thekla nahm das Handy und wollte ihrem Vater gerade die Meinung sagen, wie er mit ihrem Lebenspartner reden würde, aber Thekla wurde blass, bekam große Augen und holte mehrmals tief Luft. »Wir kommen sofort«, sagte sie und sprang auf. Im Wagen sitzend erzählte sie Robert, was ihr Vater ihr erzählt hatte.

»Denk an den Peilsender Thekla. Da spioniert uns, beziehungsweise Dich, jemand aus. Du scheinst in großer Gefahr zu sein«.

Jetzt wurde auch Thekla bewusst, dass es hier nicht um eine leicht zu nehmende Sache ging. Aber genau das spornte Thekla an. Gerade das ließ in ihr die kriminalistische Spannung wachsen und den Impuls wach werden, gespannt und Aufmerksam zu sein um dem Gegner zuvorzukommen.

In Bornheim-Roisdorf angekommen, empfing Thekla's Vater die Beiden, völlig aufgelöst. Er zeigte die E-Mail mit dem Text.

»Wieso schreibt der "als Entschädigung für die letzten zehn Jahre" und wieso schickt er gerade Dir diesen Film? wollte Thekla von ihrem Vater wissen.

»Da hab ich mir auch schon meine Gedanken gemacht. Wahrscheinlich irgendein Fall, den ich vor zehn Jahren gelöst hatte und jetzt will sich einer rächen. Aber wieso an Dir und nicht an mir? «

»Papa, überleg doch mal, die Schwachstelle eines jeden Menschen sind doch Familienangehörige. Der hat es auf mich abgesehen, aber er will Dich treffen«

»Spitzfindig wie der Papa«, lobte Peter seine Tochter und tätschelte ihren Rücken.

»Aber jetzt lass mal sehen«, forderte Robert auf, dass Filmchen anzusehen. Gespannt sahen sie sich die etwa zehn Minuten des Filmes an. Thekla's Vater hatte sich in der Zwischenzeit einen Tee aus der Küche geholt.

Thekla klappte den Laptop zu.

»Ganz schön heavy«, meinte Robert. »Davon hätte ich gerne eine Kopie, damit wir uns im Alter gemeinsam erinnern können«, schmunzelte Robert.

KLATSCH. Das war das erste Mal, dass er von Thekla eine Backpfeife bekam. Jetzt war ihm nicht mehr nach schmunzeln und er rieb seine Wange, als wolle er den Schmerz wegreiben.

»Das war absolut richtig«, mischte sich nun auch Franziska ein, die in der Wohnzimmertüre stand.

»Aber ich wollte …«, fing Robert den Versuch an, wieder einmal etwas runterspielen.

»Nun sei besser ruhig«, meinte Thekla, »sonst gibt es auf die andere Seite noch eine«.

»Wenn ich nur meine Kontakte spielen lassen könnte, die ich noch zu den Bonner Kollegen habe, - aber jetzt über Karneval krieg ich in dem Archiv niemanden. Ich werde mich sofort am Dienstag darum kümmern und die Fälle um den entsprechenden Zeitraum herum, nachsehen lassen. Sobald ich Näheres weiß, gebe ich Bescheid. Bis dahin lasse Dich unter Polizeischutz stellen...«.

»Papa«, protestierte Thekla, »eine Kriminalkommissarin, die nun auch noch für die Sondereinheit berufen wurde, zu der Du sie vorgeschlagen hast, - unter Polizeischutz? «

»Sondereinheit? Vorgeschlagen? « Peter Sommer schmunzelte, »sag bloß das hat geklappt? «

»Erzähl niemandem ein Wort darüber, aber ich bin unter den letzten Bewerbern, die zu einem Abschlusstest eingeladen sind. Das dauert aber noch eine Weile. Aber bitte, - zu niemandem ein Wort. Auch Du weißt von nichts«.

Peter schüttelte den Kopf, presste die Lippen zusammen und schloss mit einem imaginären Schlüssel den Mund ab und tat so, als würde er den Schlüssel wegwerfen.

»Gut so, also, wir sind jetzt gewarnt und den Polizeischutz werde ich mir, so gut es geht von meinem eigenen Team geben lassen. Er hat geschrieben, er wolle mich morgen holen, also am Rosenmontag. Das macht es den entsprechenden Kollegen leicht. Sie können sich alle so kostümieren, dass man sie nicht erkennt. Dann werden sie, wie eine Leibgarde immer in meiner Nähe sein. Robert, wir müssen unbedingt heute Nachmittag den Peilsender wieder unter mein Auto anbringen. Jetzt wo wir Bescheid wissen, bin ich nicht mehr die heimlich Gejagte, sondern der "wissende" Lockvogel. Wir drehen einfach den Spieß um«.

»Na mein Mädchen, wenn das alles so einfach wäre, hätten wir in Deutschland eine höhere Aufklärungsquote, was Kapitalverbrechen angeht. Schau, schon alleine die Wanze zeigt, dass die Kriminellen auch aufrüsten und ebenfalls so schlaue Köpfe sind, wie sie auch bei der Polizei zu finden sind«.

»Nun mach Dir mal nicht zu viele Sorgen. Unser Beruf ist gefährlich, dass wissen wir aber mit den Informationen, die wir jetzt haben, sind wir im Vorteil, weil die andere Seite nicht weiß, wie wir jetzt operieren«. Dann drückte Thekla ihrem Vater einen dicken Schmatzer auf seine Halbglatze und sie verließ mit Robert die Wohnung.

»Pass mir bloß auf mein Mädchen auf«, rief er noch zu Robert, der gerade in den Twingo einstieg.

»Und nun? « fragte Robert, nachdem Thekla ihren heißgeliebten Wagen startete, mit dem sie schon einige Jahre, dank guter Pflege und stetem Einhalten der Inspektionen immer zuverlässig an die entlegensten Ecken fuhr.

»Nun fahren wir zurück ins Präsidium«.

»Nein, das meine ich nicht, - wie willst Du jetzt weiter Deiner Arbeit an dem Mord nachgehen, ohne Dich in Gefahr zu begeben? «

Thekla grinste und meinte leicht ironisch: »Dafür habe ich Dich doch, mein Schatz. Du wirst schon gut auf mich aufpassen, da bin ich mir sicher«.

*

Peter Ludwig und Lisa Drollig waren wieder auf dem Weg nach Siegburg. Lisa überlegte, ob sie noch eine Kleinigkeit zum Mittagessen holen sollte und entschloss sich, nicht die direkte Strecke zu nehmen, sondern einen kleinen Schlenker über Kaldauen und dann die Wahnbachtalstraße, wieder auf die Frankfurter Straße, an der das Polizeipräsidium war, zu machen. In Kaldauen holte sie sich eine Currywurst aus den leckeren Tofurollen, die es bei Fritten Paul seit neuestem gab. Er hatte sich auf seine Gäste eingestellt und der Nachfrage nach fleischlosen Gerichten, angepasst. Für Robert hatte sie eine doppelte Currywurst, allerdings aus Fleisch einpacken lassen. Robert liebte die Soße aus diesem Imbiss und würde auch das leckerste Stück Kuchen für dieses Essen stehen lassen. Sicherlich würde er sich freuen und die Wurst in der Mikrowelle des Pausenraumes, heiß machen.

Als Lisa im Präsidium ankam war Peter mit Sybille Salz im Gespräch vertieft. Sowohl Peter, als auch sie, hatten die Zielpersonen angetroffen und sich davon überzeugt, dass sie dieses Tattoo hatten und auch noch lebten. Sybille schenkte den Beiden gerade eine Tasse Kaffee ein, als das Telefon klingelte.

»Kriminalpolizei Siegburg, Mordkommission«, meldete sich Sybille. Danach kurzes Schweigen, da sie augenscheinlich sehr angespannt ins Telefon lauschte. »Ach, - tatsächlich? Moment, ich nehme mir gerade Papier und Stift. Wo sagten Sie steht der Wagen genau? «

Sybille bemühte sich leserlich zu schreiben, jedoch wunderte sich jeder der sie kannte, dass sie selber ihre Schrift noch entziffern konnte.

»Okay, - ich gebe das gerne so weiter. Da wird sich die leitende Kommissarin sehr freuen. Vielen Dank für die rasche Weitergabe der Info, liebe Kollegen«. Sybille legte den Hörer auf die Basiseinheit.

»Der abgestellte Wagen ist von einer Zivilstreife hier in Siegburg auf der Siegfeldstraße gefunden worden«, sagte Sybille zu den Beiden.

»Welcher Wagen? « wollte Lisa interessiert wissen.

»Ach ja, das wisst Ihr ja noch gar nicht«, begann Sybille gerade, als die Türe zu ihrem Büro geöffnet wurde und Thekla mit Robert eintrat. In diesem Moment klingelte das Telefon. Thekla nahm das Gespräch entgegen. Erstaunt lauschte sie in die Ohrmuschel und teilte den anderen im Raum nach dem Gespräch mit, dass die Frankfurter Kollegen gerade die Bestätigung erhalten haben, dass unser Foto von dem Toten, der dort seit Tagen vermisste Kai Wollanski ist.

»Thekla nahm sich einen Kaffee und bat nun alle in den Besprechungsraum.

Sybille begann:

»Der blaue Dacia des Kai Wollanski ist im Rahmen der bundesweiten Fahndung gefunden worden. »Nun ratet mal wo? « Sybille wollte es spannend machen, doch Thekla hatte für diese Spielchen im Augenblick keine Lust, da sie selber in höchster Gefahr befand.

»Sybille, bitte!« sagte sie genervt.

»Der Wagen steht verschlossen auf der Siegfeldstraße« löste Sybille die Spannung auf. Er ist dort von einer Zivilstreife gesehen worden.

»Bei uns hier auf der Siegfeldstraße? « fragte Robert und schaute Thekla fragend an. »das ist ja hier um die Ecke, nur zwei Straßen weiter. Hat das vielleicht mit Deiner Verfolgung zu tun? «

»Welche Verfolgung? « wollten nun Lisa und Peter wissen.

»Nun ja«, begann Thekla. »Die Lage hat sich etwas verändert. Wir arbeiten weiter an der Aufklärung des Falles mit dem Toten aus der Sieg aber es wird verschärfte Bedingungen geben. Meinem Vater ist ein Video zugespielt worden, dass mich und Robert in einem Moment in unserem Schlafzimmer gezeigt hat, den niemanden etwas angeht. Dieses Video ist anscheinend mit einer Drohnenkamera aufgenommen worden. Es will sich wohl jemand an meinen Vater rächen, für einen Fall, den er vor vielen Jahren gelöst hatte. Weiterhin ist dieser Peilsender an meinem Auto gefunden worden und wenn wir der Mail glauben dürfen, die dem Video an meinen Vater angeheftet war, will er mich morgen, Rosenmontag, kidnappen und sich an mir so für die damalige Festnahme durch meinen Vater, rächen«.

Alle Anwesenden außer Robert, der gerade seine kalte Currywurst aß, die ihm Lisa mitgebracht hatte, schauten Thekla erstaunt und sichtlich überrascht an.

»Aber wieso will derjenige sich an Dir rächen? « fragte Lisa, mit ängstlicher Stimme.

»Weil ein Kind das Liebste ist, was Eltern haben. So kann der Täter sicher sein, dass er meinen Vater bis ins Tiefste verletzen würde«.

»Und, - was hast Du jetzt vor? Wie willst Du vorgehen? Wäre es nicht sinnvoller, Du würdest zuhause bleiben und wir versuchen dem Täter auf die Spur zu kommen? « fragte Peter Ludwig.

Thekla lachte kurz auf.

»Wir haben immer noch diesen ominösen Mord aufzuklären. Wir haben den toten Kai Wollanski, dessen verschlossener Wagen hier, nahe des Polizeipräsidiums, gefunden wurde. Wie kommt seine Leiche ans Siegwehr? Die Leiche muss dorthin oder weiter flussaufwärts, gebracht worden sein. Wenn der Wagen hier steht, ist es da nicht auch wahrscheinlich, dass der Tote auch hier ermordet und die Leiche ab hier transportiert wurde? « sagte sie.

»Oder«, mutmaßte Sybille nun, »der Mord ist doch oberhalb der Fundstelle passiert und der Wagen wurde hierhin gebracht, um Spuren zu verwischen? «

»Wurden Blutspuren an dem sichergestellten Dacia festgestellt? « wollte Thekla wissen.

»Die Kollegen sind wohl noch dran. Sie wollen sich melden, wenn es neue Spuren gibt«.

»Thekla, Du hast uns immer noch nicht verraten, wie Du Dich bei den Ermittlungen im Mordfall weiterhin schützen willst gegen Deine, „witzigerweise" angekündigte Entführung?« fragte Lisa.

Thekla schaute gedankenversunken aus dem Fenster. Die Ermittlungen im Fall der Wasserleiche, der Brief mit der Einladung zu dem finalen Test zur Aufnahme in die Polizeisonderkommission des Bundes und die Ankündigung an den eigenen Vater, dass sie in höchster Gefahr schweben würde, ließen ihre Gedankengänge wie schwere dunkle Wolken aufkommen.

»Ich schlage vor, wir machen hier einen Cut und gehen alle etwas Essen. Wir treffen uns in zwei Stunden wieder hier zur Lagebesprechung und stimmen gemeinsam unser weiteres Vorgehen ab. Ach nein, - natürlich kann ich nicht so einfach über Euch bestimmen. Wir haben Karnevalssonntag und Ihr wollt natürlich auch feiern gehen oder mit Euren Kindern und Freunden fröhlich sein. Also, - Robert und ich werden in zwei Stunden wieder hier sein. Wer von Euch möchte, kann gerne feiern gehen, ansonsten würde ich mich freuen, nach der Pause das weitere Vorgehen, nicht hier alleine planen zu müssen«.

Sybille, Lisa und Peter waren sich einig.

»Also, - Chefin«, äußerte sich Peter als erstes, obwohl er genau wusste, dass Thekla diese Bezeichnung absolut nicht mochte, auch wenn sie Leiterin der Dienstgruppe II war, »es steht doch wohl außer Frage, dass wir bei einem

Mordfall und zusätzlich noch bei einer Bedrohung Deiner Person, auf alle privaten Feierlichkeiten verzichten. Selbstverständlich kommen wir gleich alle wieder hier zusammen«.

Die anderen nickten zustimmend und so verließen sie das Dienstgebäude, um irgendwo eine Kleinigkeit zu essen. Thekla allerdings drängte Robert dazu, mit ihr zunächst an die Stelle der Sieg zu fahren, wo dieser Kai Wollanski gefunden wurde. Irgendwie wollte sie die Schwingungen dieser Stelle auf sich wirken lassen und in Ruhe darauf warten, ob sich etwas in ihr meldete, was ihr einen Hinweis geben würde. An dem Vereinsheim des Kanuvereins angekommen, bat sie Robert, sie einen Moment alleine zu lassen. Sie ging hinunter ans Siegwehr, schaute aufs Wasser und lauschte in die Stille, aber außer das Rauschen des Flusses und einige vorbeifahrende Autos, hörte sie nichts. Sie versuchte irgendein Bauchgefühl zu spüren, was ihr in anderen Fällen schon so oft weitergeholfen hatte, jedoch außer eines gewissen mulmigen Gefühls, - ja man hätte es auch als Angst bezeichnen können, war da nichts. Dabei wusste Thekla nur allzu gut, dass man sich Angst in ihrem Beruf nicht leisten konnte. Angst bei Kriminalbeamten, war der schlechteste Berater, den man sich vorstellen konnte. Doch hier ging es nicht darum, Angst vor einem Täter zu haben, den man im Laufe eines Ermittlungsgeschehens näher einschätzen konnte, sondern hier ging es zudem noch darum, sein eigenes Leben durch einen Unbekannten, vielleicht sogar psychisch kranken, bedroht zu sehen. Als sie merkte, dass bei dem Gedanken an ihren Vater, der sich wahrscheinlich ähnliche Sorgen machte, dass ein von ihm gefasster Straffälliger nun das Leben seiner Tochter bedroht, spürte sie Tränen aus ihren Augen kullern. Schnell wischte sie diese mit dem Handrücken ab, als sie Robert hinter sich kommen hörte.

»Du machst Dir Sorgen? « hörte sie ihn fragen.

Lächelnd, wenn auch gekünstelt, drehte sie sich um und meinte: »Quatsch, - mein Vater hat immer gesagt, "Angst ist ein schlechter Berater"«. Sie nahm Robert in den Arm, drückte ihn kurz und hakte sich bei im ein. »Komm«, sagte sie, »lass uns etwas essen gehen und dann unsere Vorgehensweise für morgen planen.

»Wo kann man denn an Karnevalssonntag hier etwas essen? « überlegte Robert, »Fritten Paul in Kaldauen hat bestimmt zu«.

»Weißt Du was? Heute lade ich Dich mal zu etwas Besonderem ein. Das Kranz Parkhotel, am Fuße des Michaelsbergs, an der Mühlenstraße hat heute bestimmt auf. Die haben wegen Karneval wahrscheinlich das Haus voller Gäste aber in dem Restaurant, in dem man bekanntermaßen sehr gut essen kann, wird man wahrscheinlich jetzt beim Karnevalsumzug nicht mit Schunkelmusik vollgedröhnt. Das Hotel ist eher für seine gehobene Gemütlichkeit, seine weltmännische Eleganz und seine exquisite Speisekarte, bekannt. Eine Freundin von mir war letztens dort und schwärmte von dem leckeren Essen. Es gab Maispoulardenbrust mit Krautspätzle und Steckrüben an einer Nussgremolata. Das Ganze, so sagte sie, zu einem fairen Preis«.

»Na, dann lass uns dort speisen gehen. Klingt echt gut und wenn, dann richtig Dinieren gehen, wann werde ich schon mal eingeladen? «

Grinsend stieg er zu ihr in den lindgrünen Twingo. In Gedanken jedoch war er sorgenvoll bei seiner Liebsten. Was mochte sie jetzt psychisch durchmachen? Er hatte eben ihr trauriges Gesicht bemerkt.

Als Thekla den Wagen vom Parkplatz auf die Wahnbachtalstraße lenkte und an der Frankfurter Straße nach rechts abbog, sagte sie:»Ich glaube, wir werden verfolgt. Der Wagen hinter uns fuhr eben von dem Parkplatz, etwa einhundert Meter hinter uns, als wir den anderen Parkplatz verließen«.

Robert drehte sich hastig um und bemerkte nun auch den roten Opel Corsa, der hinter ihnen fuhr. Er zog seine Dienstwaffe, überprüfte die Abzugssicherung und hielt sie nach vorne in den Fußraum.

»Eh, - nun mal nicht so hastig. Warte erst mal ab«

Thekla fuhr am Polizeipräsidium vorbei und bog nach rechts in die Mühlenstraße ab. In etwa fünfzig Metern Abstand folgte ihr der Wagen auch weiterhin. Thekla setzte den Blinker nach rechts, hielt an und beugte sich in Richtung des Handschuhfaches, so, als wolle sie etwas suchen. Der Wagen fuhr vorbei.

»Ein Mann saß am Steuer und eine junge Frau auf dem Beifahrersitz«, bemerkte Robert.

Als Thekla weiterfuhr, hatte das Verfolgerfahrzeug anscheinend eine freie Parklücke erwischt. Der Mann hielt an und steuerte den Wagen mit mehreren Anläufen zwischen die parkenden Autos. Lachend stiegen die beiden kostümierten aus. Er hatte eine Matrosenuniform an und sie war als Pipi Langstrumpf zurechtgemacht. Hand in Hand gingen sie in die nächste Wirtschaft.

»Na ja«, meinte Thekla, »wohl ein Karnevalspärchen das sich an der Sieg etwas vergnügt hatte«.

»Ich würde sagen, eine Karnevalsbekanntschaft, die ihren wolllüsternen Gefühlen freien Lauf gelassen haben«, entgegnete Robert, und steckte seine Waffe wieder ins Schulterholster.

Einige Meter weiter lenkte Thekla den Wagen hinter das Parkhotel. Hier auf dem Mühlentorplatz, der als Parkplatz für die Öffentlichkeit umgebaut war und gut einhundertfünfzig Fahrzeugen Platz bot, glaubte sie, ihren Wagen gut abstellen zu können. Doch sie merkte schnell, dass hier alles, wahrscheinlich wegen den Besuchern des Karnevalszuges, besetzt war. Kurzerhand entschloss sie sich, in die rückwärtige Tiefgarage des Hotels zu fahren.

Das Glück war mit ihr und so fand sie noch mehrere freie Plätze. Jetzt stand dem guten Essen nichts mehr im Wege. Bis zu der vereinbarten Lagebesprechung im Polizeipräsidium waren noch fast eineinhalb Stunden Zeit

*

Zeitgleich zu dem wundervollen Abend von Robert und Thekla, fuhr David Sommer mit seiner Freundin Jana als Sozius, mit seiner Vespa an dem Parkhotel vorbei in Richtung der Abtei Michaelsberg. Seine Freundin hatte ihn an einen lang gehegten Wunsch erinnert, auf dessen Einlösung sie heute drängte, endlich mal die Abtei, hoch oben auf dem Michaelsberg, zu besichtigen. Der Motorroller schaffte die letzten Meter vor Erreichen des altertümlichen Gemäuers nur mit Mühe. Beinahe hätte David, Jana zum Absteigen aufgefordert, nur dann, dachte er, hätte es bestimmt wieder lange Diskussionen darüber gegeben, dass er sie gar nicht richtig lieben würde und sie wäre ihm sowieso völlig egal. Oben also angekommen, standen sie vor der Wahl, entweder die Einfahrt zur Tiefgarage des neu errichteten KFI-Gebäudes zu nehmen oder sich als Wildparker der Gefahr zu unterziehen, ein Knöllchen zu bekommen. David entschied sich für die Tiefgarage, denn er wollte sich von seiner Mutter nicht hinterher anhören müssen, er müsse als Sohn einer Polizistin ein Vorbild sein, gerade auch seiner Freundin gegenüber.

»Was ist das eigentlich für ein Neubau hier?« wollte Jana wissen, »der passt doch überhaupt nicht zu der herrlichen alten Abtei«.

»Das ist das Katholisch-Soziale Institut, meines Wissens nach, ein Fortbildungszentrum und Tagungshaus, in dem Kirche, Politik und Gesellschaft zusammengeführt werden um hier mit Themen, sowohl gemeinsame Nenner zu finden als auch einen Konsens zu wichtigen Fragen der heutigen Zeit. Hier ist moderne Architektur mit großen, lichtdurchfluteten Räumen verschmolzen mit jahrhundertealtem Gemäuer der Vergangenheit«.

Jana und David waren mit dem Aufzug hinaufgefahren bis sie nun in der großzügig angelegten Restauration des Neubaus angekommen waren. Auf der Terrasse hatte man einen wunderschönen Ausblick über die Dächer Siegburgs.

»Schau mal da unten«, Jana zeigte in Richtung eines Kirchturms, »da sind wir doch eben dran vorbeigefahren, oder? «

»Ja genau. Das ist die katholische Pfarrkirche St. Servatius. Die ist so etwa Anfang des 12. Jahrhunderts erbaut worden und mit den Jahren sowohl erweitert als auch modernisiert worden. Dort sind meine Mutter, deren Vater und dessen Bruder Klaus, getauft worden. Für unsere Familie also eine bedeutende Kirche. Meine Mutter sagt immer, sie würde so eine Leichtigkeit im Herzen spüren, wenn sie daran vorbei ginge«.

David wedelte mit der Hand vor seiner Stirn herum.

»Eine Leichtigkeit im Herzen? Also wirklich, - manchmal glaube ich, dass sie ihren Beruf verfehlt hat. Sie hätte Pfarrerin werden sollen. Na ja, - auf jeden Fall sind in der ersten Etage dieser Kirche einige, mit aufwendigem Goldblech versehene Schreine aus dem 12. und 13. Jahrhundert in der Schatzkammer aufgestellt. Diese kann man zu bestimmten Zeiten innerhalb einer Führung ansehen«.

Jana machte große Augen, einen Kussmund und klatschte die Handflächen wild zusammen.

»Nein, nein, vergiss es. Ich hatte Dir versprochen, hierhin zu fahren. Das reicht mir für die nächsten Jahre an Kirche. Da musst Du schon alleine hin oder mit Deiner Mutter. Au ja, dann könnt Ihr meinen Vater mitnehmen.

Das schadet ihm gar nicht. Schmunzelnd drehte sich David um und holte zwei Cola, die sie im inneren der Lokalität, hinter den großen Glasscheiben tranken.

Anschließend fuhren die Beiden auf der Vespa wieder auf den Michaelsberg über die steile Straße bergab und stellten den Motorroller in der Nähe des Erotik-Shops ab. Sie wollten noch in der daneben liegenden Kneipe fröhlich mit anderen Jugendlichen Karneval feiern. Die Verabredung dazu hatten sie bereits einige Tage zuvor mit den anderen Kumpels via WhatsApp getätigt.

*

»Die Küche hier ist wirklich zu empfehlen«, meinte Robert zu Thekla beim Verlassen des Hotels.

»Ja, finde ich auch, das kann man guten Gewissens weiterempfehlen«

Als sie aus der Tiefgarage fuhren, um auf der Mühlenstraße rechts abzubiegen, sahen sie eine Schlange dezent kostümierter Menschen vor dem Außenaufzug des Hotels stehen.

»Schau«, sagte Thekla, »die stehen bestimmt an, um sich in der Sunset Bar hier in der vierten Etage des Hotels, einen guten Platz zu sichern. Von dort oben hat man einen schönen Blick über die Dächer Siegburgs und die schönen Bäume um den Michaelsberg herum. Eine große, in Leder gehaltene Bar mit reichlich Sitzgelegenheit«.

Vier Minuten später trafen sie im Polizeipräsidium an der Frankfurter Straße ein. Als sie in den Besprechungsraum ihrer Abteilung kamen, wurden sie bereits von den anderen Kollegen erwartet. Selbst Sybille Salz, die eigentlich nur für den Innendienst zuständig war und die Koordination eingehender Meldungen zu den entsprechenden Fällen, hatte auf ihren freien Sonntagnachmittag verzichtet. Schließlich ging es ja nicht nur darum, einen Mörder dingfest zu machen, sondern auch, einen Verrückten, der Thekla etwas anzutun gedroht hatte, zu erwischen.

»Toll, dass Ihr alle da seid«, begrüßte Thekla die Runde der Kollegen. Neben Sybille saßen da auch Peter Ludwig und Lisa Drollig, ja und selbstverständlich ihr Schatz Robert Hanf.

Alle nickten und sprachen, wie aus einem Mund, dass dies in der angespannten Situation wohl selbstverständlich sei.

»Also«, begann Thekla, »lassen wir die Fakten nochmals zusammentragen. Wir haben hier den Toten Kai Wollanski aus Frankfurt. Wie kommt dieser in die Sieg? Und vor allem, wieso war er in einen Teppich gewickelt? Wie die Spusi festgestellt hat, war der Tote in dem gefundenen Teppich, der einige hundert Meter oberhalb der Leichenfundstelle angetrieben wurde, eingewickelt. Das Blut und die Reste des Klebebandes, die noch am Teppich gefunden wurden, stimmten überein. Weiterhin die Frage, warum war der Tote überhaupt hier in Siegburg und wieso stand sein Auto hier einige Straßen weiter. In dem Wagen waren keine Blutspuren, also ist der Tote irgendwie anders transportiert worden. Weiterhin besteht die Frage, ob hier eine "Übertötung" vorliegt, da Wollanski sowohl durch die Messerstiche ins Herz, als auch durch den gespaltenen Schädel, ermordet wurde. Was hiervon zuerst eintrat, war von den Gerichtsmedizinern leider nicht bestimmbar«.

»Ja, aber wie sollen wir aus diesem Wust an fehlenden Informationen, auf den hiesigen Aufenthaltsort und den Grund seines Hierseins schließen? « fragte Lisa.

»Vor allem aber steht da noch Deine Bedrohung im Raum. Wie willst Du Deine Sicherheit vor dem verrückten, anonymen Menschen gewährleisten, der Dir wohl planmäßig morgen etwas antun will? « hakte Peter Ludwig nach.

»Ach«, versuchte Thekla ihre eigene unterschwellige Angst hinweg zu wischen, »hier geht es in erster Linie darum, ein Kapitalverbrechen aufzuklären und einen Mörder zur Strecke zu bringen«, Thekla schüttelte den Kopf. »Und außerdem, mit so einem tollen Team, wie Ihr es seid, muss der Wahnsinnige erst einmal fertig werden. Ich schlage deshalb vor, wir fahren morgen, am Rosenmontag mit zwei Wagen nach Frankfurt. Ich würde mir gerne mit Lisa, den Mann einmal anschauen, der Kai Wollanski auf dem Foto identifiziert hat. Das ist doch jemand, der im gleichen Haus wohnt, wie das Opfer und der eigentlich regelmäßig von Wollanski besucht wurde, also eine Art sozialen Kontakt pflegte. Vielleicht können wir über diesen Mann etwas herausfinden, was zu dem Aufenthalt hier in Siegburg führen könnte. Weiterhin werden wir uns in den Nachbarhäusern erkundigen, wer ihn sonst noch kannte. Robert und Peter, Euch möchte ich bitten, Euch etwas in der Frankfurter Unterwelt umzuhören. Vielleicht hatte er Kontakte mit dem Milieu und es gibt eventuell Querverbindungen zu Siegburg. Es gibt zwar auch in Frankfurt Karneval, da heißt es "Fastnacht", aber die sind, so glaube ich gehört zu haben, nicht so Jeck wie hier die Rheinländer. Wir haben also gute Chancen, mit unseren Ermittlungen weiter zu kommen«.

»Aber«, meinte Robert leise zu Thekla gewandt, »der Siegburger Karnevalsumzug ist für Dich doch immer ein Highlight im Jahr. Du hast mir doch erzählt, dass Du bereits von Kind an immer am Marktplatz unterhalb der Siegessäule stehst und dem Treiben des Karnevalszuges zuschaust. Dort warst Du doch bereits früher mit Deinem Vater immer und auch in den letzten Jahren mit David«.

Thekla schaute zu Robert. »Meinst Du wirklich mir ist unter den gegebenen Umständen danach, Karneval zu feiern? Vielleicht kennt der Irre meine Vorliebe für den Siegburger Karneval und will gerade in dem Treiben, der bunt kostümierten Menschenmenge, zuschlagen. Hast Du schon mal darüber nachgedacht? Ach, - nicht? Ich aber. Da kommt der Fall mit dem Wollanski gerade recht. Wir sind weit ab von den hiesigen Feierlichkeiten und dennoch bei unserer eigentlichen Aufgabe, der Recherche in einem Mordfall«.

Robert schaute verdutzt in die Runde der Kollegen. So war er bisher noch nicht von seiner Angebeteten vorgeführt worden aber die innerliche Anspannung, die Thekla haben musste, ließen ihn nicht zu einem Redegefecht verleiten, mit der Frage, ob sie sich darüber im Klaren sei, wie sie hier vor den anderen mit ihm spreche. Er schwieg, nickte und gab ihr somit nonverbal zu verstehen, dass sie die Leiterin der Dienstgruppe II sei und somit die Chefin.

Man verabredete sich für den nächsten Morgen gegen acht Uhr am Präsidium. Von hier aus würde die Ermittlungstour, über die A3 nach Frankfurt starten.

*

Julius Winterhagen hatte sich am Nachmittag doch noch von der Coach aufgerappelt. Vor den letzten Stunden, vor Ausführung seines Planes, wollte er doch noch den rheinischen Karneval näher kennenlernen. Er ging auf den Marktplatz, auf dem einige Bierbuden standen, die von Menschen teilweise in Dreierreihen belagert wurden. Obwohl es gestern noch geschneit hatte und die Temperaturen nur etwas über Null Grad waren, hielt es nur Wenige zu Hause. Die fünfte Jahreszeit

forderte auch immer wieder Grippekranke. Julius
entschied sich jedoch dafür, eines der Lokale
aufzusuchen, die am Marktplatz ansässig waren. An
manchen Kneipen standen die Gäste bis zur Türe raus und
man hörte durch die geöffnete Türe ausgelassene
Karnevalsmusik. Die hier ansässigen Cafés, schienen
ruhigeres Publikum zu haben. Julius setzte sich an einen
der Tische direkt am Fenster in einem Café, an dem kein
anderer Gast saß. So hatte er seine Ruhe vor fremdem
Gerede, konnte aber gleichzeitig die Jecken mit ihren
Kostümen und die hübschen Mädchen in ihren kurzen
Tanz Marie Kleidchen, anschauen.

»Morgen habe ich so eine hübsche Frau, nackt für
mich ganz alleine. Sie wird das, was ich mit ihr mache,
bestimmt nie vergessen«, dachte er beim Anblick zweier
entzückender Mittdreißigerinnen, die ihm zulächelten als
sie an ihm vorbeigingen. Er hatte über all die Jahre im
Knast jede Information, die Peter Sommer betraf,
aufgesogen. Auch gab es im Knast an manchen Tagen
Internetzugang und so war es ihm möglich, über das
Umfeld und die Gewohnheiten der Familie,
Informationen zu sammeln, vor allem über den Mann, der
ihn hinter Gittern gebracht hatte. Die Rache und der lange

ausgeklügelte Plan, hetzte Julius in den letzten Monaten immer mehr. Als er zufällig in einem Interview mit Thekla Sommer in einer Lokalzeitung las, dass sie den Siegburger Karneval über alles liebte und sie immer das gleiche Ritual am gleichen Platz hatte, war für ihn, sein Plan vollends klar geworden.

»Ist hier noch ein Platz frei? « hörte er eine weibliche Stimme fragen, die ihn aus seinen Gedanken an den morgigen Tag holte.

Julius Winterhagen schaute hoch und sah in ein Gesicht, wie das eines Engels. Schwarze, halblange Haare gaben den Rahmen zu einem perfekt geschminkten Gesicht, welches keinerlei Unebenheiten aufwies und neben einer kleinen, stupsig wirkenden Nase, zwei leuchtende türkisblaue Augen strahlen ließ. Sie mochte so Anfang dreißig sein.

»Ja, - selbstverständlich«. Julius erhob sich von seinem Platz und zeigte auf den freien Stuhl neben sich. Trotz der Jahre in Gefangenschaft hatte er seine gute Erziehung, die ihm seine Oma beigebracht hatte, nicht vergessen.

Sie lächelte ihn freundlich an und nahm Platz.

»Ach«, sagte sie, »dieser Karneval ist ja gut und schön, aber es hat solche wilden Ausmaße angenommen, dass es keinen Spaß mehr macht, sich irgendeiner Gruppe fremder Menschen anzuschließen. Finden Sie nicht auch? «

»Ja, ja«, Julius musste sich von dem Anblick ihrer schönen Beine losreißen, den das geschlitzte kurze Kleid freigab, als sie die Beine übereinanderschlug.

»Übrigens, - ich heiße Babette«, sie schaute ihm lächelnd direkt in die Augen.

Julius reichte ihr die Hand. »Und ich Rüdiger, Rüdiger Schulz. Ich komme aus Kassel und wollte hier eigentlich einen alten Schulfreund besuchen«, log er, »aber der ist plötzlich dienstlich nach Berlin gerufen worden und so sitze ich hier und schau mir diese bunten Kostüme an«.

Die Bedienung kam an den Tisch der Beiden.

»Darf ich Sie zu etwas einladen? « fragte Julius die verführerisch wirkende Babette. Sein Jagdinstinkt nach einer sexuellen Beute war geweckt.

Babette schaute mit einem entzückenden Augenaufschlag zu Julius.

»Oh, gerne«, und in Richtung der Bedienung schauend sagte sie, »bringen Sie mir bitte ein Glas Prosecco«.

»Bringen Sie bitte zwei«, fügte Julius hinzu.

»Er hat angebissen«, dachte sich Babette, die sich nun intensiv darum bemühte, sich von ihrer charmantesten Seite zu zeigen, aber sie war ja Profi in ihrem Job.

Als die Bedienung das dritte Glas Prosecco für jeden an den Tisch brachte, meinte diese, »darf ich dann auch schon mal abkassieren? Es sind gleich achtzehn Uhr und wir schließen«.

»Oh, schon? «, fragte Julius erstaunt. Er holte seine Brieftasche heraus und zahlte mit einem Einhundert Euro Schein. Dabei sah Babette, dass noch mindestens drei grüne Scheine und drei braune Scheine darin waren, also noch mindestens vierhundertfünfzig Euro.

»So, es war schön mit Dir«, säuselte Babette, als Beide vor dem Café standen, »in welches Hotel musst Du denn jetzt?«

Julius dachte kurz nach. Auf der einen Seite wollte er eigentlich noch mit dieser aufreizenden Schönheit schöne

Stunden verbringen, auf der anderen Seite konnte er sie aber unmöglich mit in sein kurzzeitig angemietetes Appartement einladen. »Also, da mein Schulfreund nicht anzutreffen war, wollte ich jetzt eigentlich zum Bahnhof und mit dem nächsten Zug wieder Richtung Frankfurt und dann nach Kassel fahren«, log er.

»Ach weißt Du, es war so ein schöner Nachmittag mit Dir, warum kommst Du nicht mit zu mir, wir trinken noch etwas und Du schläfst Dich aus, bevor Du morgen früh dann in Ruhe Deinen Heimweg antrittst? «

Er überlegte kurz. Eigentlich musste er morgen all seine Aufmerksamkeit in den Plan setzen, Thekla dingfest zu machen, andererseits drängte es ihn aber auch, die Nacht mit der neuen Bekanntschaft zu verbringen. Er gab seinem männlichen Drang nach, da bei ihm der klare Verstand in Anbetracht dieser sexy Erscheinung, nachließ.

»Ist es denn weit bis zu Dir? « fragte er.

»Gar nicht, ich wohne vielleicht fünf Minuten von hier«.

»Also gut«, meinte Julius, sich auf einige heiße Stunden freuend, »ich nehme Dein Angebot gerne an«.

Sie gingen gemeinsam über den Marktplatz in Richtung Holzgasse, bogen dann nach links in die Kaiserstraße am Kaufhof vorbei und nach etwa zweihundert Metern, nach links in die Ringstraße. Dort, in der Nähe des Krankenhauses hatte sich Babette ein kleines Appartement angemietet.

»Hier kannst Du Deine Jacke aufhängen«, meinte sie zu Julius, als sie die kleine Diele betraten. Babette entledigte sich ihres Boleros, einen tiefen Einblick in ihr tief ausgeschnittenes Kleid an ihrem Rücken freigebend.

»Was möchtest Du trinken? « fragte sie, als sie die Kühlschranktüre öffnete.

Er jedoch, von der Situation aufgeheizt, endlich alleine mit ihr zu sein und den Anblick eines französischen Bettes, mitten im Raum zu sehen, umarmte behutsam ihre Hüften und fuhr mit den Händen, hinter ihr stehend, bis zu ihrem Busen hinauf.

»Um ehrlich zu sein, möchte ich im Moment nichts trinken«, meinte er, »ich will Dich«.

»Also wenn das so ist«, meinte Babette mit einer leicht kindlich wirkenden Stimme, »muss ich Dir sagen, dass ich im Moment arbeitslos bin, Du aber gerne für zweihundert Euro diese Nacht bei mir bleiben kannst und ich Dir Deine kühnsten Träume erfüllen werde«.

Julius dachte gar nicht mehr klar nach. Sein aufgestauter und entfachter Trieb ließ ihn die Brieftasche zücken und er legte das Geld auf den Tisch. Bevor er sich morgen Thekla mit Gewalt nehmen würde, wollte er die nächsten Stunden mit dieser aufreizenden Babette, heiß und wild verbringen. Seinen Plan am nächsten Tag, würde er auch mit nur ein paar Stunden Schlaf, ausführen können.

*

Es war kurz nach Mitternacht, als das Handy klingelte. Thekla war gerade eingeschlafen, da sie noch lange über die Situation nachdachte, bedroht zu werden. Würde sie alles dagegen unternehmen können, einen Angriff abzuwehren? Robert hatte am späten Abend noch darauf bestanden, den Peilsender, den er auf ihren Wunsch hin, wieder am Auto befestigt hatte, erneut zu demontieren, da er die Gefahr für Thekla doch als zu groß einschätzte, aber vielleicht war der Täter ja bereits ganz in der Nähe und er observierte sogar das Haus. Er war ja sogar so dreist, mit der Drohnenkamera in ihr Schlafzimmer zu filmen.

»Thekla Sommer«, meldete sie sich.

»Ja, hier Schumann von der Einsatzleitstelle des Präsidiums. Wir haben hier gerade einen Einsatz. Der Ladeninhaber eines Erotikgeschäftes in der Mühlenstraße, hatte einen möglichen Einbruch mit Blutspuren gemeldet. In der Wohnung, in der die Blutspuren enden, haben die Kollegen einen möglichen Tatort eines Gewaltverbrechens gefunden«.

»Und dafür rufst Du mich mitten in der Nacht an? «

»Die Kollegen haben noch etwas anderes gefunden und meinten, es wäre sinnvoll, Dich direkt zu informieren. Es sind dort brisante Sachen, die Dich betreffen, gefunden worden«.

Thekla stand schon vor dem Bett, als sie sagte: »Wir sind schon unterwegs, ist die Spurensicherung schon dort? «

»Die sind auf dem Weg«.

»Okay, danke. Wir sind in zehn Minuten da«.

Robert wurde unsanft geweckt. Schnell war er bereit einen drohenden Angriff mit seinen Fäusten abzuwehren, da er gerade davon geträumt hatte, Thekla zu befreien.

»Schnell«, sagte Thekla, »wir müssen zu einem Tatort, an dem etwas gefunden wurde, was mich betrifft. Genaueres wollte der Kollege der Einsatzleitstelle nicht sagen«.

Thekla raste mit ihrem Twingo von Stallberg aus die Zeithstraße runter, bog links in die Wolsdorfer Straße ab, fuhr am Siegwerk vorbei und war zwölf Minuten nach dem Telefonat, an dem genannten Geschäft. Ein Streifenwagen stand mit eingeschaltetem Blaulicht davor. Thekla und Robert gingen durch die offenstehende Haustüre in die erste Etage und sahen dort die Kollegen der Spurensicherung. Hier waren auf dem Boden eine Menge Blutspuren und notdürftig zusammengekehrte Glasscherben. Vermutlich stammten sie von der Glasplatte des Tisches, von dem nur noch der Unterbau da stand. Man konnte erkennen, dass hier einmal ein Teppich gelegen haben muss, der stark mit Blut getränkt worden war. Die Spurenlage war eindeutig.

»Was soll denn hier auf mich hindeuten? außer dass wir einen Mord bearbeiten, der wohl hier begangen worden ist. Das hätte doch auch noch bis morgen früh warten können«.

Der Leiter der Spusi schaute Thekla an. Dann deutete er mit dem Kopf in Richtung der Wand, die schräg hinter Thekla war. Thekla drehte sich um und erschrak. Sie sah mehrere Bilder, auf denen sie als Teenager aber auch als erwachsene Frau abgebildet war. Auch hingen dort Bilder von Robert, David und ihrem Vater. Ein Stadtplan von Siegburg lag auf einem darunter stehenden Schränkchen, auf dem ihr Wohnort auf dem Stallberg sowie die Stelle auf dem Marktplatz, nahe der Siegessäule, eingekreist waren. Jede Menge Zeitungsausschnitte über Thekla's Vergangenheit und Tätigkeit im Polizeidienst, lagen dort. Sie drehte sich zu Robert um.

»Hier haust also das Schwein«, sagte er, »der Kerl der Dich bedroht und der Mörder von Kai Wollanski, es scheinen ein und derselbe Mensch zu sein«.

»Wie seid Ihr auf das hier aufmerksam geworden? « wollte Thekla von den Kollegen wissen.

Der Leiter der Spusi antwortete: »Der Ladeninhaber von dem Laden im Erdgeschoss konnte nicht schlafen und so entschloss er sich, hierhin zu kommen, um Vorbereitungen für morgen zu treffen. Da er mit Karneval nichts am Hut hat, wollte er morgen sein Schaufenster umdekorieren, da er neue Inspirationen im Internet gesehen hatte. Als er den Hausflur durch die Eingangstür betrat, sah er vereinzelte Bluttropfen im Flur. Zunächst dachte er sich nichts dabei und wollte in seinen Laden durch die Seitentüre vom Flur aus. Dabei bemerkte er die offenstehende Holztüre zum Garten. Er bemerkte, dass diese gewaltsam aufgehebelt wurde. Misstrauisch geworden, ging er den Blutspuren, die im Flur vereinzelt zu sehen waren, nach bis hier vor die Türe im ersten Obergeschoss. Da auf sein Klopfen niemand reagierte, wählte er den Notruf. Die eingetroffenen Kollegen öffneten dann hier die Türe unter der Annahme, es sei "Gefahr im Verzug"«.

Thekla überlegte kurz was nun am besten zu unternehmen sei. »Okay«, sagte sie, »wenn ihr hier fertig seid, bitte ich Euch schnellstmöglich zu verschwinden. Auch der Streifenwagen, der vor dem Haus steht, bitte sofort abziehen. Hoffentlich ist der Täter, oder sind die

Täter nicht schon gekommen und haben den Aufmarsch hier gesehen. Robert und ich werden hier auf den oder die Bewohner warten. Zwei Beamte bitte zur Unterstützung hier im Treppenhaus zum Dachgeschoss hin, verstecken und zwei Beamte am Besten in Zivil, auf der gegenüberliegenden Straßenseite zwischen den anderen dort parkenden Autos aufstellen. Wir werden hier der Sache hoffentlich heute ein Ende bereiten können«. Thekla überprüfte ihre "Walther P99" auf Funktionstüchtigkeit. Auch Robert kam ordnungsgemäß der Entsicherung seiner Dienstwaffe, nach.

Als die Spusi abgezogen war und sich die anderen Beamten in den genannten Bereichen postiert hatten, wartete man gespannt auf die bevorstehende Situation und ein, hoffentlich blutloses, Ende des Geschehens.

*

Julius konnte kaum genug bekommen. So lange hatte er keine Frau mehr gehabt. Babette lag schweißnass auf ihrem Bett.

»Jetzt reicht es aber«, sagte sie, »für zweihundert Euro war das jetzt aber genug. Es sei denn, Du legst mir noch einen Schein auf den Tisch«.

Julius Winterhagen glaubte seinen Ohren nicht zu trauen. Wollte ihn diese Frau wirklich so maßlos ausnehmen? »Nein«, dachte er sich, »nicht mit mir«. Eine schallende, mit voller Wucht ausgeführte Ohrfeige, ließ das Gesicht der jungen Frau ins Kissen fallen.

»Bist Du verrückt? «, schrie sie.

Julius schlug erneut zu und Babette wurde ohnmächtig. Er knebelte die bewusstlose Frau mit einem Handtuch, das sie wie immer, wenn sie Kundschaft hatte, auf den Nachttisch gelegt hatte. Er sprang auf, suchte noch etwas, womit er sie fesseln konnte und nahm, nachdem er keine Schnur gefunden hatte, kurzerhand ihre Strumpfhose. Mit dem einen Bein des Nylons fesselte er die linke, mit dem anderen Bein, die rechte Hand an den Bettpfosten des Bettes. Dann zog er sich an, nahm die zweihundert Euro, die er nach Betreten des Appartements auf den Tisch gelegt hatte, wieder an sich und verließ das Haus. In einigen Stunden würde er sowieso mit Thekla im Kofferraum, Siegburg verlassen. Ein kleines, abseitsstehendes Wochenendhaus am Rande der Ahrweiler Weinberge, hatte er bereits vor ein paar Wochen, für den Missbrauch von Thekla, ausgekundschaftet. Im Winter waren diese kleinen Häuser, unweit der Autobahn, nie besucht. Hier waren die Städter immer nur, wenn die Sonne schien und ein Spaziergang über den Rotweinwanderweg lockte.

Es war halb vier, als er über die Kaiserstraße in Richtung Markt ging, um in sein Bett zu gelangen. Er wollte sich jetzt noch bis etwa acht Uhr schlafen legen, denn der nächste Tag würde ihm Präzision abverlangen. Er schaltete sein Handy ein und überprüfte mit seiner App, wo sich Thekla's Auto, an dem er den Peilsender installiert hatte, befand.

»Ah, - bist' zu Hause im Bett? Gut so, - erhole Dich schön mein Püppchen und komm frisch geduscht zum Umzug«, er grinste hämisch.

»Da kommt eine verdächtige männliche Person in die Mühlenstraße, vom Markt aus«, kam die Stimme des Zivilkollegen aus dem Funkgerät. Achtung, er bleibt am Schaufenster des Erotik-Shops stehen, holt etwas aus seiner Hosentasche und - ja, er schließt die Türe des Hausflurs auf und betritt das Haus«.

»Jetzt kein Funkkontakt mehr, Ihr wisst was zu tun ist«, kam Thekla's leise Antwort. Der Täter war im Hausflur und kam die Treppe herauf. Hoffentlich ging alles gut.

Man hörte den Schlüssel im Schloss drehen und die Wohnungstüre öffnete sich. Julius schaltete arglos das Licht an und sah in die Pistolenläufe von Thekla und Robert.

»Polizei, Hände hoch«, rief Thekla.

Julius Winterhagen wich blitzschnell zurück und wollte die Treppe wieder hinunter, aber die Streifenpolizisten, die sich auf der Treppe nach oben versteckt hatten, waren bereits hinter Julius und überwältigten ihn. Die Situation war unter Kontrolle. Nachdem ihm die Polizisten Handschellen angelegt hatten, wurde Julius durchsucht. Seine Brieftasche wurde an Thekla übergeben und diese fand den Ausweis von Julius.

»Julius Winterhagen, ich nehme Sie fest unter dem Verdacht, Kai Wollanski hier in der Wohnung ermordet zu haben und unter dem Verdacht, eine Straftat gegen mich, wie man hier an der Wand unschwer erkennen kann, geplant zu haben. Sie können sich gegen diese Anschuldigungen äußern, jedoch alles was Sie jetzt sagen, kann gegen Sie verwendet werden. Sie haben das Recht, einen Anwalt hinzuzuziehen, sobald Sie im Präsidium sind«.

»Nackt gefällst Du mir besser. Haben die Leute hier das Filmchen gesehen? « antwortete Julius grinsend.

»Abführen«, war Roberts einzige Anweisung an die uniformierten Kollegen.

*

Obwohl die Beiden den nächtlichen Einsatz hatten, waren sie am nächsten Morgen pünktlich um acht Uhr im Präsidium, um die Kollegen von der nächtlichen Festnahme zu informieren. Des Weiteren teilten sie ihnen mit, dass sich die Fahrt nach Frankfurt somit erübrigt hätte. Thekla ordnete die Vernehmung des Julius Winterhagen durch Lisa Drollig und Peter Ludwig an. Sie selbst wollte sich noch einige Stunden auf's Ohr legen, da sich der fehlende Schlaf der letzten Nacht bemerkbar machte.

»Wenn Ihr mit der ersten Vernehmung fertig seid, macht Schluss für heute und geht zum Rosenmontagszug. Ich danke Euch für Euren tollen Einsatz«.

»Wann machen wir denn dass mit dem Saunabesuch mit Deiner Freundin? « wollte Lisa noch wissen.

Thekla drehte sich beim Verlassen des Besprechungsraumes noch einmal um, zwinkerte Lisa zu und meinte: »Das kommt nachdem wir uns von dem jetzigen Stress erholt haben, Okay? «

Lisa hob die rechte Hand und nickte zustimmend.

*

Auf dem Nachhauseweg überlegte Robert noch schnell, bei Fritten Paul in Kaldauen vorbeizufahren, um sich eine dieser tollen Currywürste zu gönnen. Paul machte die Currysoße selber und war weit und breit der Beste.

»Es ist zehn Uhr. Meinst Du Paul hat schon geöffnet? Und außerdem, wir legen uns jetzt ein wenig hin, machen unser tägliches Ausdauertraining im Wald und gehen dann zum Markt um den Rosenmontagszug anzuschauen. Da gibt es auch Currywürste«.

Robert schmollte, gab Thekla jedoch recht und war nur froh, dass sie unversehrt geblieben ist und munter, wie er sie kennt.

ENDE

Bisher erschienen in dieser Reihe:

Mord in Siegburg

>Die Wasserleiche<

Der erste Fall der Kommissarin Thekla Sommer

Mord in Bornheim

> Der Spargelkönig<

Der zweite Fall der Kommissarin Thekla Sommer

Mord in Rheinbach

> Das Burgfräulein<

Der dritte Fall der Kommissarin Thekla Sommer

Mord in Sankt Augustin

>Fehlerhafte Liebe<

Der vierte Fall der Kommissarin Thekla Sommer

Mord im Bonner "Regierungsviertel"

> Kollege Weihnachtsmann <

Der fünfte Fall der Kommissarin Thekla Sommer

Demnächst erscheint in dieser Reihe:

Mord in Wesseling

>Der Universitätsprofessor<

Der siebte Fall der Kommissarin Thekla Sommer

Leseprobe: Theklas siebter Fall

Rhein-Sieg-Kreis Krimi

Mord in Wesseling

Der Universitätsprofessor

Der siebte Fall der Kommissarin Thekla Sommer

© **Kersten Wächtler**   **www.rsk-krimi.de**

Erstes Kapitel

Die beiden Autos fuhren von Köln kommend, über die A555 und nahmen die Ausfahrt Wesseling. Sie fuhren hintereinander in Richtung Krankenhaus und dann weiter durch die Tempo-Dreißig-Zone bis zum Beginn der Kölner Straße. Hier, gegenüber dem Café "Mines Spatzentreff", dort, wo der Wesselinger Einzelhandel den Anfang der Straßenführung mit etwa Einhundert bunten Schirmen verschönert hatte, die zwischen den Häusern in etwa fünf Metern Höhe, aufgehangen waren. Die Autos hielten an und aus dem ersten Wagen stiegen zwei Personenschützer einer Kölner Sicherheitsfirma. Aus dem zweiten Wagen stieg Herr Konstantin Laurus, Universitätsprofessor und Kommunalpolitiker einer großen deutschen Partei, sowie ein weiterer Personenschützer. Herr Laurus wollte an diesem Tag an der Wesselinger Rheinpromenade, einem wunderbar hergerichteten Platz, der zum Spazieren und Entspannen einlud, eine Rede halten, über die wirtschaftliche Zukunft Wesselings und der geplanten Autobahnbrücke, welche die Verbindung, von der A555 kommend, zur A 59, der

Flughafenautobahn, herstellen sollte. Er hatte diesen Ort gewählt, da er den am unteren Ende der Treppe zur Rheinpromenade befindlichen "Ein-Mann-Bunker" aus dem zweiten Weltkrieg als Beispiel der Bedeutung Wesselings für den Fortschritt, verwenden wollte. Dieser Bunker, aus Stahlbeton gefertigt, hatte dem Kapitän eines Frachtschiffes, bei einem Luftangriff im Jahre 1944 das Leben gerettet.

Die Männer gingen über den Weg einer großen Wiese, gegenüber des Cafés, in Richtung der Rheinpromenade. Als sie die Stufen nach unten hinter sich gelassen hatten, betrat Konstantin Laurus ein Podest, das fleißige Helfer seiner Partei eigens für diese Rede gefertigt hatten. Links und rechts neben ihn postierte sich jeweils einer der Personenschützer. Diese hatte er engagiert, da er wohl von Gegnern seinen kommunalpolitischen Vorstellungen, Drohmails erhalten hatte. Es hatten sich ungefähr einhundertzwanzig Leute versammelt, die der Rede des Politikers zuhören wollten. Auch Reporter der lokalen Presse waren anwesend. Herr Laurus leitete die Rede damit ein, zunächst auf den Einmannbunker einzugehen, der neben dem Podest als Denkmal dastand. Er würdigte es und seine historische Bedeutung für Wesseling.

Plötzlich sackte der dicht rechts hinter ihm stehende Personenschützer und Chef der Sicherheitsfirma, Jens Bolte, von einer Kugel mitten in die Stirn getroffen, zusammen. Sofort brach tumultartige Panik aus. Die zweite Schutzperson, Ralf Kolping, warf sich auf den Auftraggeber und ging mit ihm zu Boden. Dass sich Konstantin Laurus dabei einen Finger brach, war unerheblich. Der zweite Personenschützer musste Leben retten, wobei er aber auch seine Eigensicherung nicht außer Acht lassen durfte. Aus den Augenwinkeln heraus sah er, dass sich sein Chef nicht mehr rührte. Er sah sich um. Die meisten der Zuhörer waren davongelaufen, einige hatten sich auf den Boden geworfen. Man hatte keinen Schuss gehört und so überlegte Kolping, ob der Schuss von einem der Zuhörer mit einer Faustfeuerwaffe mit Schalldämpfer abgefeuert wurde oder ob vom anderen Rheinufer jemand mit einem Präzisionsgewehr und Zielfernrohr geschossen hatte. Ersteres schien nicht im Bereich des Möglichen, da sich der Täter sofort verraten hätte und ein Zugriff möglicher anderer Zuhörer gegeben gewesen sein könnte. Also suchte er mit zusammengekniffenen Augen das Lülsdorfer Rheinufer nach einem Schützen ab. Da der Rhein bei normalem

Pegelstand hier eine Breite von etwa dreihundertfünfzig Metern hat, war natürlich mit bloßem Auge nicht viel zu erkennen.

Die von verschiedenen Zuhörern der Rede verständigte Polizei, traf mit fünf Streifenwagen ein. Sie sperrten das Gelände rund um den Tatort weiträumig mit rot-weißem Flatterband ab. Auch verständigte man die Kollegen in Niederkassel, die daraufhin ebenfalls das Rheinufer, rund um die Anlegestelle der Personenfähre, sehr weiträumig absperrten. Der gerufene Notarzt des Krankenhauses in Wesseling konnte unterdessen nur noch den Tod des Personenschützers feststellen. Der Universitätsprofessor bekam eine Beruhigungsspritze. Die Investition in die beiden Personenschützer hatte sich also doch gelohnt. Auch wenn bedauerlicherweise nun ein anderer, mit weit aufgerissenen Augen auf dem Boden lag, hatte dieser Anschlag doch ihm gegolten, so glaubte er.

*

Thekla Sommer, Kriminalkommissarin und Leiterin der Dienstgruppe II, Kreispolizeidienststelle Siegburg, stand neben ihrem Kollegen und gleichzeitig Lebensgefährten, Robert Hanf im Schießstand des Präsidiums auf der Frankfurter Straße. Sie war mit ihrer Treffergenauigkeit zufrieden. Klar, - es gab Kollegen die noch eine ruhigere Hand hatten und zielgenauer trafen, aber Thekla hatte nicht den Ehrgeiz, einen Streichholzkopf auf zwanzig Meter Entfernung abzuschießen. Sie war lieber darauf aus, jemanden im Verteidigungsfall außer Gefecht setzen zu können. Sei es nun mit der Dienstwaffe oder im Nahkampf. Deswegen achtete Thekla sehr auf ihre Fitness und Beweglichkeit. Sie lief fast täglich mindestens fünf Mal hintereinander über den, am Fuße des Michaelsberges befindlichen Fußweg, was im Gesamten eine Distanz von etwa sechs Kilometern ausmachte. Weiterhin war sie seit einigen Wochen einer Kampfsporttruppe in Siegburg beigetreten, in der sie die Kunst des Kickboxens erlernte. Thekla lud gerade das Magazin der Walther P99 nach, als ihr Handy klingelte. Sie schaute auf das Display und meinte zu Robert:

»Bollenkamp, - der weiß doch, dass wir gerade trainieren. Sie nahm das Gespräch an: »Fred, was kann

124

ich für Dich tun? Wir sind gleich fertig mit unseren vorgeschriebenen Schießübungen«.

Fred Bollenkamp, Leiter der drei Dienstgruppen der Mordkommission, wirkte aufgeregt, als er sagte: »Die Trainingseinheit müsst Ihr abbrechen, wir haben einen Mordanschlag auf einen gewissen Konstantin Laurus, Kommunalpolitiker aus Wesseling, als dieser gerade am Rheinufer eine Rede hielt. Getötet wurde allerdings ein von ihm engagierter Personenschützer. Zwei Teams der Spurensicherung sind bereits unterwegs zum Tatort, da vermutlich der Schuss von der gegenüberliegenden Seite des Rheins, abgegeben wurde. Lisa Drollig und Peter Hanf sind informiert und ebenfalls auf dem Weg ins Präsidium«.

»Wir sind gleich oben im Büro und machen uns fertig«, gab Thekla kurz zur Antwort und zu Robert gewandt, sagte sie »Wir haben einen Einsatz«.

Thekla holte alles aus ihrem hellgrünen Twingo raus. Sie liebte diesen kleinen Flitzer und nahm ungern einen Dienstwagen, so wie die Kollegen, die hinter ihr über die Autobahn fuhren. Zum Glück war die Baustelle auf der Bonner Nordbrücke letzte Woche beseitigt worden und so kamen die beiden Autos, siebzehn Minuten nach Eingang des Einsatzbefehls, am Tatort an.

...

Leseprobe: Thekla's erster Fall

Rhein-Sieg-Kreis Krimi

Mord in Siegburg

Die Wasserleiche

Der erste Fall der Kommissarin Thekla Sommer

© **Kersten Wächtler** **www.rsk-krimi.de**

127

Erstes Kapitel

»In jedem Kapitel des vorgelesenen Buches bin ich zunehmend mental gewachsen. Jedes noch so kleine Ereignis hat mich erkennen und lernen lassen und mit jedem abgeschlossenen Kapitel dieses Buches, glaube ich, einen regelrechten Schub gemacht zu haben, dahingehend bereit zu sein, um Weiteres, Elementares aufzunehmen, zu verarbeiten, zu erkennen und zu lernen.

Bei jedem Kapitelabschluss in meinem Leben hat sich jeweils meine Sichtweise verändert, wahrscheinlich gelenkt durch eine Übermacht, ich nenne sie Gott. Meine Sinne wurden jeweils geschärft, dahingehend, dass ich mein ureigenes Dasein, nämlich MEIN Leben erkenne und meinen Geist weiterentwickle. Meine Erkenntnis unter anderem ist, dass niemand aufhört zu lernen und zu wachsen, wahrscheinlich lernen wir sogar unendlich.

Ist es rückblickend nicht so, dass jeder Schritt, jedes Ereignis und jede Episode im Leben, uns ein Stück, gar einen Wimpernschlag näher dahin bringen soll, was uns erschaffen hat und dem wir in unserer geistigen Tiefe im Verborgenen gleich sein wollen? Aus jedem noch so winzigem Moment, jedem Abwägen von wichtig oder vergessen, jeder Entscheidung, ob nun positiv oder negativ verlaufend, wird uns Menschen der Weg des Lernens geebnet. Lernen und uns der Wirklichkeit nähern, dem Schöpfer der Herrlichkeit des Seins und der Zeit.

Ob nun Gott, Allah, Shiva oder Buddha, es ist der Schöpfer der uns lernen, erkennen, wachsen und weise werden lässt. Er schenkt uns den freien Willen, selbst zu wählen, ob wir uns in der jeweiligen Situation weiter entwickeln wollen oder auch nicht.

Eins ist gewiss, Aufgaben werden uns in unterschiedlichster Form wieder begegnen, bis sie verarbeitet und gelöst werden. Dann sind wir bereit für die nächste Aufgabe, für die nächste Erkenntnis und für den nächsten Schritt zur wahren Wirklichkeit«.

Mit diesen Worten schloss der Autor >Kersten Wächtler< die Lesung aus seinem zuletzt veröffentlichten Buch >Im Nebel des Erwachens<.

Die Zuhörer der Lesung im Kreishaus der Stadt Siegburg, einem aus mehreren Flügeln bestehenden Betonhochhauses, das komplett mit Glas verspiegelt ist, klatschten Beifall. Man hatte Herrn Wächtler die Gelegenheit gegeben, einen Termin zu einer Literaturlesung wahrzunehmen. Alle vierzehn Tage konnten sich im Rhein-Sieg-Kreis ansässige Autoren im Kreishaus, einen Termin reservieren. Hier konnten sie ihr neuestes Werk der Öffentlichkeit in einer Lesung und anschließenden lockeren Gesprächen vorstellen.

Auch dieses Mal wieder, wurde sehr angeregt über das Werk und die Ansichten des Autors, diskutiert.

Keiner ahnte, dass bereits einige Tage später, nur zwanzig Meter hinter dem Kreishaus, ein Tötungsdelikt stattfinden würde. Dann würde die >höhere Instanz<, die Kersten Wächtler beschrieben hatte, eine Seele in ihr Reich aufnehmen.

»Hände hoch! Polizei!«

Die Anwesenden im Gruppenübungsraum der Polizeidienststelle Siegburg drehten sich erschrocken um.

Bisher war man von der smarten Kriminalkommissarin solch harschen Ton nicht gewohnt.

»Ganz langsam umdrehen und ich will die Hände oben sehen«

Thekla Sommer gefiel die Aufmerksamkeit, die ihr nun in dem lichtdurchfluteten Raum, zuteil wurde.

Es war die monatlich stattfindende Übung zur Festnahme Straffälliger, doch Thekla wusste, dass ihre kräftige Stimme mit Nachdruck und einer gewissen Lautstärke, Respekt einbrachte.

Seit sie im Polizeidienst war, war ihr Recht und Ordnung immer wichtig. Nun, da sie ins Kommissariat nach Siegburg gewechselt war, verschaffte sie sich trotz ihrer grazilen Erscheinung, zunehmend Respekt bei ihren männlichen Kollegen.

»Ach, die Sommer mal wieder« scherzte Robert Hanf, ihr Kollege, der die burschikose Art von Thekla nicht mochte.

»Ja, genau die« antwortete Thekla in normaler Lautstärke. »Die Spinne im Dunkel, wie Du immer sagst aber die Spinne im Dunkeln siehst Du nicht, - und sie kann deshalb immer unerwartet zubeißen«.

Alle lachten.

Eins zu Null für Thekla.

*

Hier saß er nun in seinem frisch renovierten Zimmer, in dem die noch nicht ausgepackten Kartons in der Ecke standen. Er sollte es sich wie ein Jugendzimmer einrichten. Wie richtet man sich mit vierzehn Jahren ein Jugendzimmer ein?

Kopfschüttelnd saß er auf seinem neuen Holzbett, dass er vor einigen Tagen mit seiner Mutter im IKEA, in Köln-Godorf, gekauft hatte. Er blätterte gedankenversunken in dem neuesten Comic von >Clever und Smart< und murmelte vor sich her:

»David - wie konnten meine Eltern mich nur David nennen? So heißt heute kein Mensch mehr. Und wieso haben sie nicht geheiratet? So hab' ich nicht den Nachnamen meines Vaters, sondern heiße so wie meine Mutter«.

Gedankenversunken schaute er zur Wanduhr und dann auf seine Armbanduhr. Eigentlich wollte seine Mutter heute früher nach Hause kommen. Sie wollten gemeinsam beim neuen Italiener am Markt etwas essen gehen. Zähneknirschend murmelte er weiter:

»Und nicht nur David, sondern auch noch Sommer. Was für ein Name? David Sommer«. Er meinte, >David Lay< würde sich besser anhören, als >David Sommer<.

David presste schmunzelnd und nun kopfnickend die Lippen zusammen. Davids Vater, Bernd Lay, war selbständiger Malermeister. Er hatte die neue Wohnung von Thekla und David vor kurzem noch komplett renoviert. Das war sozusagen die >letzte gute Tat< am Ende der fünfzehnjährigen eheähnlichen Gemeinschaft. Die Diskrepanzen waren zu groß geworden und durch das starke Engagement seiner Frau, nach dem Wechsel zur Kripo, sowie den unregelmäßigen Arbeitszeiten, auch nachts, kam er irgendwie nicht mehr klar. Er lernte durch seinen Beruf dann eine Kundin näher kennen, die ihm erfolgreich schöne Augen machte. Dies führte dann zu einem handfesten Krach, der darin endete, dass sie sich trennten.

Die neuen fünf Zimmer ihrer Wohnung waren in einem kleinen Einfamilienhaus im Siegburger Ortsteil Stallberg, wo sie einzogen. Im Erdgeschoss waren zwei Zimmer, die Küche und ein Gäste-WC, - im oberen Stockwerk waren drei Zimmer und ein Badezimmer. Alles in allem recht großzügig geschnitten und für die Mutter und Sohn groß genug. Hinzu kam noch ein Gartenbereich, der mit seinem Fischteich und großer Liegewiese zu gemütlichen Grillabenden mit Freunden einzuladen schien.

Von hier aus war es nicht weit zur Dienststelle auf der Frankfurter Straße. Hier war auch die Nähe zu Davids Schule auf der Zeithstraße gegeben. Aus diesem Grund hatte sich Thekla bei dem Besichtigungstermin für dieses Objekt recht schnell entschlossen.

David hörte nicht den Schlüssel im Schloss der Haustüre, jedoch das Zufallen der Türe im Erdgeschoss.

»David?« hörte er seine Mutter rufen, »David, mein Schatz, tut mir echt leid, dass es etwas später geworden ist aber der Bollenkamp hatte mal wieder eine kurzfristige Besprechung zur Gefahrenlage einberufen«. Kriminalhauptkommissar Fred Bollenkamp war ihr vorgesetzter Abteilungsleiter und bekannt für seine überdurchschnittlich hohe Aufklärungsrate im Rhein-Sieg-Kreis. Zu seiner hohen Aufklärungsquote trugen sicherlich seine akribische und vorbildliche Arbeitsweise aber auch seine immer wieder kurzfristig anberaumten Teambesprechungen bei.

»Ja, ja, ist ja schon gut. Können wir dann? Ich hab mächtig Hunger«

»Ich zieh mich nur schnell um« rief Thekla, als sie die Treppe in ihr Schlafzimmer hochlief.

»Nun schrei doch nicht so rum«. David kam aus seinem Zimmer, welches neben Theklas Schlafzimmer war.

Thekla ging schnell ins Badezimmer um sich frisch zu machen. Danach schlüpfte sie in die neue Jeans und das Sweatshirt, das Bernd ihr zum letzten Geburtstag geschenkt hatte. »Sentimental?« fragte David, mit leicht ironischem Unterton.

»Ach Quatsch, einfach nur saubequem« entgegnete seine Mutter. Sie trug in ihrer Freizeit allzu gerne weite schlabberige Kleidung. Hierin hatte sie Platz genug um sich bequem zu bewegen und gerade beim Essen nicht den Bauch einziehen zu müssen. Thekla wog bei einer Größe von 1.68 Meter gerade mal 61 Kg, hatte aber immer das Gefühl, bei ihrer schmalen Oberweite käme ihr eigentlich recht flacher Bauch zu schnell zur Geltung. Auf der anderen Seite wollte sie aber auch ihre Oberweite kaschieren, da sie der Meinung war, Bernd hätte bei der Neuen die >Körbchengröße D< sehr fasziniert. Sie hatte noch sehr an der Trennung zu knabbern. Hoffentlich hörte der Verarbeitungsprozess bald auf.

Sie fuhren die Zeithstraße entlang und parkten auf dem großen Parkplatz hinter dem Kaufhof. Von hier war man sofort in der Fußgängerzone und somit auch direkt am Marktplatz. Es waren neunzehn Uhr als sie das Restaurant betraten.

»Ganz schön was los« meinte Thekla zu David gewandt.

Dieser allerdings ging strammen Schrittes zu einem der wenigen freien Tischen in der Ecke.

»So ein Mist« sagte er und hielt das >Reserviert< Schild hoch. Er hatte großen Hunger.

Thekla schaute sich in dem Restaurant um. Ein Kellner mit weißem Hemd, schwarzer Hose, schwarzer Schürze, schwarzen, gegeelten Haaren und breitem Grinsen, kam auf die Beiden zu.

»Prego Señora, - nehmen Sie bitte Platz. Der Tisch ist erst für zwanzig Uhr dreißig vorbestellt. Sie haben noch genug Zeit zum Essen und Genießen«.

»Schleimer«, murmelte David, als er bereits kurze Zeit später die Speisekarte studierte.

»Wie bitte?«, fragte Thekla nach. Sie schaute teils belustigt, teils entsetzt zu David.

»Schleimer«, wiederholte David, als der Kellner fort war.

»Der ist doch nur auf ein gutes Trinkgeld aus. Wenn der wüsste, dass Du bei den Bullen arbeitest, hätte er nicht so um Dich herumgetänzelt. Wetten«?

Thekla bestellte, während der Kellner, immer noch grinsend, die Kerze auf dem Tisch anzündete:

»Einmal Insalata Verde und danach einmal Vitello Tonnato«.

Das hatte sie im vorletzten Urlaub in Piemont gegessen, dem nordwestlichen Teil der italienischen Alpen, nicht weit vom Mittelmeer, dessen bekannteste Region der Lago Maggiore ist. Dünn geschnittene rosa gegarte Kalbsfleischscheiben werden mit einer Thunfischsauce serviert, welche die säuerliche Frische von Zitronen mit der Würze von Kapern und Thunfisch vereint. Abgerundet mit gehobeltem Parmesan und frischen, gewürfelten Tomaten.

»Dazu gab es ein kleines alkoholfreies Bier«.

Ein Hochgenuss, wie sie meinte.

David bestellte:

»Pizza Salami mit extra Käserand und eine Cola«.

Zweites Kapitel

Es regnete ein wenig, als Daniel die Diskothek in dieser Nacht verließ. War es der Alkohol, der ihn so wirr im Kopf sein ließ oder die verqualmte Luft des Raucherbereiches in der Disco, in der er sich in den letzten dreißig Minuten aufhielt? Langsam und torkelnd ging er am Mühlenbach entlang, am Fuße des Michaelsberg. Vor seinen Augen drehte es sich und ihm war kotzübel. War es wirklich der Alkohol, schoss es ihm durch den Kopf oder hatte jemand aus seiner Jackentasche das Fläschchen mit den KO-Tropfen genommen und dieses Mal ihm damit eins ausgewischt?

Zweimal bereits hatte er es bei hübschen Mädchen ausprobiert. Beim ersten Mal hatte sich die kleine Brünette mitten auf der Tanzfläche übergeben und sich somit ganz fürchterlich blamiert. Wahrscheinlich hatte er zu wenig von dem Zeug in ihren Drink gemixt. Dann aber beim zweiten Mal, war die Wirkung wie er es sich gewünscht hatte. Diana ging vor etwa sechs

Wochen, wie in Trance, mit ihm aus der Diskothek zum nahegelegenen Parkplatz. Sie stieg bereitwillig in seinen Wagen, wo er sich auf brutale Weise an ihr verging. Es war so, als würde Diana gar nichts mitbekommen und sei im Halbschlaf gewesen. Er aber befriedigte seine aufgestaute geile Gier nach Sex, wie im Rausch.

Nun überquerte er vom Parkplatz >am Michaelsberg< kommend, die Mühlenstraße, um in Richtung >Leinpfad<, vorbei am Kreishaus, zu gehen. Die hier stehenden kleinen Fachwerkhäuschen schienen in seiner Fantasie noch aus der Zeit des Mittelalters zu sein, in der der Mühlengraben, an dem er auf seinem Weg vorbeimusste, angelegt wurde. Mitte des 12. – 13. Jahrhunderts wurde dieser künstlich angelegte, etwa vier Meter breite Kanal, oberhalb von Siegburg aus der Sieg abgeleitet und auf etwa fünf Kilometer Länge, vorbei am Michaelsberg mit seiner Benediktiner-Abtei durch Siegburg und dann wieder in die Sieg geleitet. Über Jahrhunderte diente das Wasser des Kanals zum Betreiben der damals fünf ansässigen Mühlen für das Nutzwasser der Siegburger Bürger.

»Warum bin ich heute bloß nicht in die Disco nach Bonn gefahren? Dann wäre ich schon zu Hause« lallte er vor sich hin. Es war nicht mehr weit bis zum Bahnhof, wo er die Straßenbahn Linie 66 Richtung Bonn nehmen wollte. Es fiel ihm immer schwerer seine Augen offen zu halten und geradeaus zu gehen. Als er hinter dem Kreishaus war und in den kleinen Park gelangte, wurde ihm so, als müsse er sich übergeben. Er ging nahe an den Rand des Leinpfads. Von hier führte eine kleine Böschung etwa zwei Meter hinab zum Mühlenbach. Wenn, dann war hier die geeignete Stelle, sich seiner Übelkeit zu erleichtern. Es regnete immer noch ganz leicht, als er mit einem Fuß über die etwa sechzig Zentimeter hohe Abgrenzung stieg und sich nach vorne beugte…

Über den Autor

Geboren 1958, in der Zeit des Wirtschaftswunders, verbrachte er seine Kindheit, mit zwei Schwestern und zwei Halbbrüdern, in Siegburg und dem ländlichen Windeck. Geprägt von dem idyllischen Umfeld, fühlte er sich in der Stadt nie so recht wohl und er suchte sein soziales Umfeld meist in ländlichen Regionen, wie Rheinbach, Meckenheim, Bornheim oder Herchen/Sieg.

Bereits im jungen Erwachsenenalter fing er an, seine Gedanken schweifen zu lassen und niederzuschreiben. Am Anfang war es mal ein Kinderbuch oder philosophische Zeilen. Als zertifizierter Psychologischer Berater folgte ein psychologisch/spirituelles Werk. Seit einiger Zeit entspringen Krimis (aus dem Rhein-Sieg-Kreis) seinen Gedanken und dem Werk seiner Phantasie. Hier legt er aber besonderen Wert auf umfangreiche, historische Recherche hinsichtlich der Schauplätze seiner Handlungen.